Ein winziger Täter

Eine erstochene, alternde Diva, ein erschossener Unternehmer, der ungewöhnliche Imperative sammelt, ein gegen Bienengift allergischer Immobilienmakler, eine tote Frau, die im falschen Raum eines Motels gefunden wird, ein verschollenes Kunstwerk und ein Klaviervirtuose, der von einem explodierenden Flügel schwer verletzt wird, das sind die Opfer, deren Fälle Privatdetektiv Greg A. Bendow mit genauer Beobachtung und scharfer Kombination löst, nicht immer zur Freude von Kriminalkommissar Max Minnert und dessen Assistenten Rudolf Rauskolb. Nur das Rätsel, warum bei so großartigen Talenten sein Bankkonto meistens notleidend ist, hat Bendow noch nicht gelöst.

Rolf Axel Jochum ist Chemiker, hat Schul- und Studienjahre in Darmstadt verbracht und lebt in Köln. Von ihm liegt bereits der in Darmstadt spielende Kriminalroman »Rache« vor (Edition BoD).

Rolf Axel Jochum

Ein winziger Täter

Kriminalgeschichten

Bibliografische Information der Deutschen Nationalbibliothek
Die Deutsche Nationalbibliothek verzeichnet diese Publikation in der
Deutschen Nationalbibliografie; detaillierte bibliografische Daten sind im
Internet über http://dnb.d-nb.de abrufbar.

Umschlagentwurf: Michael Haussmann
Foto Umschlagrückseite: Silke Jochum
Satz, Umschlaggestaltung, Herstellung und Verlag:
Books on Demand GmbH, Norderstedt
ISBN 978-3-8423-9309-7

Inhalt

Natürlich gibt es das perfekte Verbrechen. Gerade die Tatsache, dass man nichts davon erfährt, beweist, dass es existiert.
(Greg A. Bendow)

Ein Zipfel Wahrheit

1

Die Tür zu Bendows Büro hatte in ihrer oberen Hälfte eine Milchglasscheibe, auf der in großen Buchstaben von außen zu lesen
stand:

Greg A. Bendow
Private Ermittlungen
Private Investigations

An diesem Mittwoch gegen halb zwölf saß Bendow in seinem
Schreibtischsessel, hatte ihn nach hinten gekippt und die Füße,
die in braunen Slippern steckten, auf den Schreibtisch gelegt.
Über ihm drehten sich in gemessener Geschwindigkeit die Blätter
eines großen Ventilators. Er telefonierte.

»Sehr wohl, gnädige Frau, Hölderlinweg 6, in der Nähe der Fa-
sanerie.«
»Sechzehn Uhr! Pünktlich, wenn ich bitten darf.«
»Pünktlich, gnädige Frau. Können Sie mir sagen, worum es
geht?«
»Sie wissen, dass ich verheiratet bin?«
»Frau Winter, wer wüsste nicht, dass Sie mit Hermann Lauterbach
verheiratet sind!«
»Darum geht es. Auf Wiedersehen.«
»Auf Wiedersehen, Frau Winter.«

Bendow nahm die Füße vom Schreibtisch, kippte mit dem Sessel nach vorn und legte den Hörer auf die Gabel. Dann sah er auf seine Armbanduhr. Noch reichlich Zeit bis zu seinem Termin bei Gladys Winter, gefeierter Schauspielerin vergangener Jahre, längst vergangener Jahre. Sie soll etwa vierzig Jahre alt gewesen sein, als sie Hermann Lauterbach heiratete, der damals Mitte zwanzig war und auf der Documenta mit zwei aufregenden Ölgemälden seinen Weltruhm begründete. Das war wohl fünfzehn Jahre her, vielleicht auch zwanzig. Er hatte seitdem sehr fleißig gemalt, was zwar gut für die Kasse, aber nicht gut für die Qualität war, wie jedenfalls Bendows Freund Michael Haussmann behauptete.

Wochenlang ging die Romanze der gefeierten Diva mit dem wesentlich jüngeren Maler durch die bunten Gazetten, die für viel Geld das Bild veröffentlichten, das Lauterbach schnell von Gladys Winter, nur mit ein paar Schleiern drapiert, gemalt hatte. Sie sah damals verführerisch jung aus. Wie sie jetzt aussah, wusste Bendow nicht. Aber er kannte Hermann Lauterbach, der seit einiger Zeit immer ohne seine Gemahlin die Schickeria-Lokale der Stadt besuchte. Er war ein großer, breitschultriger, massiger Mann mit wallenden dunkelblonden Haaren, die er im Atelier zu einem Pferdeschwanz zusammengebunden trug. Figürlich ähnelte er dem glatzköpfigen Horst Eckes, einem versoffenen Schauspieler des Staatstheaters, den Bendow sehr mochte.

Die Journaille hatte in den vergangenen Jahren Eheprobleme des Künstlerpaares Winter - Lauterbach angedeutet und so genannte Freunde der beiden mit entsprechenden Bemerkungen zu Wort kommen lassen. Aber da die Presse von Gladys Winter keine neuen Fotos mehr auftreiben konnte, geschweige denn einen Interview-Termin bekam, und Lauterbach Fragen zu seinem Privatleben nicht beantwortete, war es um das Paar still geworden. Dann hörten so langsam die Lauterbach-Ausstellungen auf, in den Museen wanderten seine Bilder ins Archiv, bei den Kunsthändlern und auf den Auktionen sanken die Preise. Kunsthändler und deren andächtige Kunden entdeckten neue Stile und Künstler, die in den neuen Stilen malten.

Das alles ging Bendow durch den Kopf, als er über den Anruf nachdachte. Erst hatte sich eine Frau Sturm gemeldet, wahrscheinlich die Haushälterin, die ihm sagte, Frau Winter, Frau *Gladys* Winter möchte ihn sprechen. Danach hatte sie eine bedeutungsvolle Pause gemacht und, als Bendow stumm blieb, gefragt, ob Frau *Gladys* Winter ihm bekannt sei. Doch, doch, hatte er geantwortet, sie ist doch die weltberühmte Schauspielerin. Erst dann hatte Frau Winter selbst den Hörer in die Hand genommen und mit ihm gesprochen.

Bendow konnte sich zwar vorstellen, wozu sie ihn engagieren wollte, nicht jedoch, warum gerade ihn. Grübeln bringt nichts, sagte er sich. Ein Auftrag ist zur Zeit nicht zu verachten. Er sah sich auf dem Stadtplan an, wie er mit seinem alten Käfer am besten zur Fasanerie käme. Mehr als zwanzig Minuten würde er nicht brauchen; Abfahrt also um halb vier, um, wie verlangt, pünktlich zu sein.

Die Fasanerie war eine ausgedehnte Grünanlage im Süden der Stadt. Östlich davon war vor bald hundert Jahren ein Villenviertel entstanden, in dem kein Grundstück weniger als zweitausend Quadratmeter umfasste. Alle Straßen trugen Dichternamen, die wichtigste hieß Goethestraße. Der Hölderlinweg ging von der Goethestraße links ab. Ein großes Tor in einer dichten, mannshohen Hecke bildete den Zugang zum Winter'schen Anwesen. Bendow fuhr im Schritt vorbei, blickte durch das Tor und hielt vor Nummer 10. Er schaute auf die Uhr, stellte fest, dass die Fahrtzeit richtig kalkuliert war: Es war fünf vor vier. Er blieb noch drei Minuten im Wagen.

An dem großen Eisentor, das keine Gelegenheit zum Hindurch-schauen bot, gab es nur eine große 6, eine Klingel, einen Brief-kastenschlitz und eine Gegensprechanlage. Er klingelte.
»Ja bitte?« sagte eine verzerrte Stimme, die er aber dennoch als die der Haushälterin identifizierte.
»Mein Name ist Bendow; ich bin mit Frau Winter um 16 Uhr verabredet.«

Anstelle einer Antwort hörte er ein Summen am Tor, das sich daraufhin selbsttätig öffnete. Er sah einen breiten, gekiesten Weg, rechts und links von einer sorgfältig geschnittenen Buchsbaum-hecke gesäumt, der zu einer Villa im pompösen Stil des begin-nenden zwanzigsten Jahrhunderts führte. Der Kies knirschte un-ter Bendows Füßen. Die letzten Meter bis zum Haus waren mit unregelmäßigen Natursteinplatten so kunstvoll belegt, dass sich eine perfekte glatte Fläche ergab.

In der offenen Haustür, zu der nur eine einzige Stufe hinauf-führte, stand eine schmale, grauhaarige Frau in einem dunklen, vorn durchgeknöpften Kleid, das bis zur Mitte der Wade reichte. Sie musterte den drahtigen, mittelgroßen Mann mit den dunkel-blonden, kurz geschnittenen Haaren, die an den Schläfen schon ergrauten und sagte:
»Guten Tag, Herr Bendow. Ich bin Frau Sturm, Frau Winters Haushälterin. Wenn Sie mir bitte folgen wollen.«

Dann drehte sie sich um und ging in das Innere des Hauses. Bendow folgte ihr, nachdem er die Haustür geschlossen hatte. Frau Sturm führte ihn in die Bibliothek, in der außer decken-hohen Bücherregalen ein Schreibtisch, ein Schreibtischsessel und eine Sitzgruppe standen. Eine Wand war mit einer Unzahl von Künstlerportraits in den unterschiedlichsten Rahmen ge-schmückt.

»Bitte warten Sie hier einen Augenblick,« sagte Frau Sturm und verließ die Bibliothek. Bendow betrachtete die Künstlerportraits. Die meisten zeigten Gladys Winter vom Anfang ihrer Karriere bis zu der Zeit, zu der sie sich aus der Öffentlichkeit zurückgezogen hatte. Die Bilder, die andere Künstler zeigten, trugen alle eine Widmung an Gladys Winter. Manche dieser Künstler kannte Bendow, viele nicht. Ein Bild von Hermann Lauterbach entdeckte er nicht.

Bendow sah auf seiner Armbanduhr, dass es vier nach vier war, tippte für den Beginn der Audienz auf acht nach und zog die Augenbrauen erstaunt hoch, als sich bereits um sieben nach beide Flügel der hohen Tür öffneten und Gladys Winter herein rauschte. Sie trug ein bodenlanges Kleid, das von den Schultern bis zu den Füßen kontinuierlich weiter wurde und damit sichere Informationen über Taille und Hüften verweigerte. Bendow war erstaunt, wie groß Frau Winter war, selbst wenn man die hohen Absätze berücksichtigte, die ihre Schuhe vermutlich hatten.

Sie musterte ohne sichtbare Regung Bendow, der mit verblichenen Jeans, rostrotem Polohemd und speckiger, ehemals dunkelbrauner Lederjacke bestenfalls als Kontrast zu ihr passte, wies auf die Sitzgruppe und sagte:
»Nehmen Sie Platz, junger Mann.«
Dann schritt sie um den Schreibtisch herum und setzte sich in den komfortablen Schreibtischsessel. Bendow wartete, bis sie saß und wählte dann den Sessel, der dem Schreibtisch am nächsten stand, und dreht ihn in ihre Richtung. Das Gespräch, das folgen sollte, musste über eine Distanz von fünf Metern geführt werden. Hoffentlich, dachte Bendow, als er sich setzte, hört sie noch gut.

Gladys Winter trug die blonden Haare kunstvoll hochgesteckt. Ihr Gesicht war ein einziges Meer von Falten, aber es hatte sich einen Abglanz der früheren Schönheit bewahrt. Die kleine Halspartie, die das hochgeschlossene Kleid freigab, führte den Faltenwurf verstärkt weiter.

»Junger Mann«, begann Frau Winter würdevoll, »ich möchte Sie mit einer delikaten Aufgabe betrauen und ich erwarte Ergebnisse. Mein Mann betrügt mich, das steht fest. Aber ich brauche Beweise, verwertbare Beweise. Geld spielt keine Rolle ...
Das ist natürlich Unsinn. Aber ich bin bereit, angemessen zu zahlen. Wie hoch ist Ihr Honorar?«
»Einhundertfünfzig Euro pro Tag plus Spesen.«
»Was sind Spesen?«
»Fahrtkosten, Fotomaterial, Schmiergelder zum Beispiel.«
»Bekomme ich Belege dafür?«
»Für Schmiergelder?« Bendow starrte sie entgeistert an. »Das ist Vertrauenssache.«
»Na gut. - Ich werde Ihnen jetzt ein paar Informationen geben. Wenn Sie darüber hinaus Fragen haben, fragen Sie. Und zwar mit aller Offenheit. Ich bin nicht zimperlich.«
»In Ordnung, Frau Winter. Übrigens, um mit einer Frage anzufangen: Ist Ihr Mann im Hause?«
»Nein. Er ist in seinem Atelier in der Karlstraße. Er kann hier nicht malen, sagt er, obwohl ich ihm ein wunderschönes Atelier im Haus eingerichtet habe, mit den Fenstern nach Norden, wie es bei einem guten Atelier sein soll. - Nein, er ist nicht da, aber er kann jederzeit kommen. Das ist zwar nicht sehr wahrscheinlich, aber immerhin möglich. Ich wechsele dann das Thema und Sie spielen hoffentlich geschickt mit.«
»Keine Sorge, Frau Winter, eine Spezialität von mir.«

Gladys Winter runzelte für einen Moment die Stirn, dann befand sie, nicht auf Bendows flapsige Bemerkung zu antworten.
»Jetzt aber zu den Tatsachen. Er betrügt mich mit Eva Grojan.«
Bendow pfiff durch die Zähne.
»Kennen Sie diese ... dieses Flittchen?« fuhr Gladys Winter fort.

»Aber natürlich. Eva Grojan spielt doch am Staatstheater alle Rollen junger Frauen, sozusagen vom Gretchen bis zu Woyzecks Marie.«

»Sie *spielt* die Rollen,« antwortete Gladys Winter kalt, »aber sie *verkörpert* sie nicht, wie ich das getan habe!«

»Natürlich nicht«, stimmte Bendow schnell zu.

»Reden Sie keinen Unsinn! Sie sind doch viel zu jung, um mich in meiner großen Zeit gesehen zu haben!«

»Ich habe Ihre Filme gesehen«, verteidigte sich Bendow lahm.

Gladys Winter sah Bendow prüfend an: »Ich frage mich... Ach egal. Jetzt weiter. Sie treiben es irgendwann tagsüber, wenn Hermann angeblich im Atelier ist.«

Bendow öffnete den Mund, um etwas zu fragen, aber sie kam ihm zuvor.

»Natürlich treiben sie es nicht im Atelier, das wollten sie doch gerade fragen?«

»Genau.«

»Es gibt zu viele, mich eingeschlossen, die ihn im Atelier überraschen könnten. Sie werden irgendwo eine Absteige haben. Das herauszufinden ist eine Ihrer Aufgaben.«

»Woher wissen Sie, dass Ihr Mann mit Eva Grojan ein Verhältnis hat?«

Gladys Winter zögerte eine Weile, schaute an Bendow vorbei und blickte ihm dann wieder konzentriert ins Gesicht.

»Er hat sie gemalt.«

»Er hat sie gemalt?« fragte Bendow überrascht. »Nackt?«

»Natürlich nicht nackt!« antwortete sie heftig.

»Aber Malen ist doch sein Beruf! Er wird auch andere Frauen gemalt haben.«

»Er hat dieses Flittchen gemalt, wie er andere Frauen nicht malt. Nur mit ein paar Schleiern bekleidet.«

»Könnte das nicht ein Theaterkostüm sein? So, wie heute viele Regisseure ihre Schauspielerinnen halb oder ganz nackt auf die

Bühne bringen, egal ob es sich um Maria Stuart oder Claire Zachanassian handelt?«

»Es *ist* ein Theaterkostüm, und ich weiß auch, um welche Rolle aus welchem Stück es sich handelt, aber das ist nebensächlich. Entscheidend ist, wie sie auf dem Bild den Betrachter ansieht, also auch den Maler. Genauso habe ich ihn auf dem Bild angesehen, das nach unserer Hochzeit in allen Journalen abgedruckt wurde. Ich war damals verliebt, *sehr* verliebt und ständig darauf versessen, mit ihm ins Bett zu kommen!«

»Na, ich weiß nicht. Ein Beweis ist das nicht.«

»Wenn es ein Beweis wäre, bräuchte ich Sie nicht!« Gladys Winters Stimme bebte. »Nennen Sie es einen starken Verdacht. - Nehmen Sie den Auftrag an?«

»Ich nehme den Auftrag an, aber ich habe noch ein paar Fragen«, sagte Bendow in betont ruhigem Ton, aber Gladys Winter erregte sich immer mehr.

»Fragen Sie, junger Mann, fragen Sie! Fragen Sie!«

»Wollen Sie eine Bestätigung Ihres Verdachts oder wollen Sie gerichtsverwertbare Beweise für eine Scheidungsklage?«

»Für eine Scheidungsklage natürlich! Was dachten Sie? Für eine Scheidung, bei der er von meinem Geld keinen Pfennig bekommt. Sein eigenes hat er lange durchgebracht! Dieser Schmarotzer!« schrie Gladys Winter.

Bendow saß ruhig da und hoffte, dass sie sich beruhigte. Er vermied jede Bemerkung, die sie vielleicht noch mehr erregen würde. Aber sie wurde nicht leiser.

»Glauben Sie etwa, ich will ihn nur zur Rede stellen? Seine weinerlichen Entschuldigungen hören? Ihm am Ende verzeihen und mit ihm ins Bett gehen müssen? Seinen Dreitagebart, seinen schwammigen Bauch und seinen beschnittenen Schwanz liebkosen? Er kann die Schlampe haben, aber dann soll er gleich bei ihr bleiben und sich´s bei ihr gemütlich machen, bis sie ihn irgendwann angewidert rauswirft!«

»Aber Frau Winter, so beruhigen Sie sich doch«, sagte Bendow sanft.

»Beruhigen?« Ihre schrille Stimme kippte um. Sie war hochgesprungen, fuhr sich mit den Händen in ihre Frisur, die sich in Strähnen auflöste. »Sie haben wohl noch Sympathie mit dem Schwein? Klar, Sie sind ja auch nur ein Mann!«

»Jetzt reicht es!« sagte Bendow scharf und laut und sprang ebenfalls auf. Der Diva blieb der Mund offen stehen, aber sie schrie nicht mehr. Sekunde um Sekunde standen sich die beiden unverwandt gegenüber, allerdings getrennt durch einen Schreibtisch und fünf Meter eines ehedem großbürgerlichen Salons. Dann, ganz langsam, gleichsam in Zeitlupe, nahm Gladys Winter wieder auf dem Schreibtischstuhl Platz, saß extrem gerade und sagte tonlos:

»Sie kennen Ihre Aufgabe, junger Mann. Guten Tag.«

»Guten Tag«, erwiderte Bendow, drehte sich um und ging.

In der Halle wartete Frau Sturm, gab ihm einen Briefumschlag, zu dem sie sagte: »Ihr Vorschuss«, ging ihm dann voraus und ließ ihn durch die Haustür ins Freie treten. Als die Haustür geschlossen war, blies er die Backen auf und ließ die Luft geräuschvoll entweichen. Wieder knirschte der Kies unter seinen Füßen. Das Tor öffnete sich von Frau Sturm ferngelenkt und schloss sich hinter ihm. Bendow wandte sich nach rechts zu seinem Käfer. Er hatte seinen Wagen noch nicht erreicht, als ein großer dunkler Jaguar in den Hölderlinweg einbog, nach links ausholte, nach rechts einschlug und vor dem Winter'schen Anwesen stehen blieb. Während sich das Tor langsam öffnete, blickte der Fahrer interessiert zu dem Käfer und seinem Besitzer hinüber. Dann fuhr er hinein, ohne dass Bendow ihn bemerkt hätte.

2

Der Ventilator drehte sich noch genauso gleichmütig wie zuvor. Bendow öffnete den Briefumschlag. Er enthielt 1000 Euro in Hunderteuroscheinen. Dann suchte er im öffentlichen Telefonbuch nach der Telefonnummer von Eva Grojan, aber sie war nicht verzeichnet. Bendow hatte Verständnis dafür, denn Eva Grojan war der Liebling aller männlichen Theaterbesucher. Er hatte sie einmal in einer Komödie zusammen mit Horst Eckes gesehen, und selbst der, wie immer leicht betrunken, hatte sie mit großen Kalbsaugen angeschaut, wie es von seiner Rolle ganz und gar nicht verlangt wurde.

Bendow klappte das Telefonbuch zu, schnappte seine Lederjacke und fuhr zum Staatstheater. Erst besah er sich den Theaterzettel und stellte fest, dass in knapp zwei Wochen Premiere eines neuen Stückes mit Eva Grojan in der weiblichen Hauptrolle sein würde. Er plauderte mit dem Pförtner am Bühneneingang und erfuhr ganz nebenbei die Probenzeiten für das neue Stück. Die nächste war für den nächsten Vormittag angesetzt und würde gegen 12 zu Ende sein. Dann ging Bendow zur nahe gelegenen Karlstraße, suchte Nummer 17 und klingelte bei »Lauterbach, Atelier«, aber es wurde nicht geöffnet. Er wollte schon gehen, als eine Frau das Haus verließ.

»Entschuldigung. Sie wissen nicht zufällig, ob Herr Lauterbach im Hause ist?« fragte er sie. Die Frau musterte ihn misstrauisch.
»Ich war mit ihm verabredet, habe mich aber leider verspätet.«
Diese Auskunft schien das Misstrauen zu zerstreuen.

»Wenn im Hof kein Jaguar steht, ist er weggefahren,« sagte sie und ging.

»Danke,« sagte Bendow, marschierte durch die Hofeinfahrt und sah sich im Hof um. Von einem Jaguar keine Spur.

Am nächsten Mittag war Bendow wieder am Staatstheater, wartete bis fast halb eins und folgte dann Eva Grojan unauffällig, nachdem sie das Theater durch den Bühneneingang verlassen hatte. Sie war schlicht gekleidet und nicht geschminkt, aber Bendow erkannte sie dennoch, ebenso ihre Kolleginnen und Kollegen Gaby Parling, Gina Lombardi, Horst Eckes und Richard Brüggemann, mit denen sie am Bühneneingang noch einen Moment zusammengestanden und gesprochen hatte. Dann hatten sich die Schauspieler getrennt und waren in unterschiedliche Richtungen davon gegangen. Horst Eckes stand noch einen Moment länger bei ihr und redete auf sie ein. Aber sie schüttelte den Kopf und ließ ihn stehen. Bendow vergewisserte sich, dass niemand ihr folgte.

Um zwanzig nach vier wusste Bendow, dass Eva Grojan in der Mainzer Straße wohnte. Bis dahin hatte er in der Nähe von vier Schuh- und drei Wäschegeschäften, einer Modeboutique, einem Papiergeschäft und einer Parfümerie gewartet. Bendow sah sich die Wohnungsklingeln an dem Haus in der Mainzer Straße an. Im 4. Stock rechts stand »Grojan«. Die anderen Namen sagten ihm nichts. Er blätterte in seinen Notizen, sah, dass die Schauspielerin an diesem Abend noch eine Theateraufführung hatte, sagte sich, dass es dann wohl mit einem Schäferstündchen nichts mehr werden würde, und ging zu seinem Käfer.

Auch am nächsten Tag blieb die Beschattung ergebnislos. Diesmal hatte Bendow in der Karlstraße auf Lauterbach gewartet. Der war etwa um halb zehn mit seinem Jaguar in den Hof eingebogen. Bendow fand auf der anderen Straßenseite zwischen den Straßenbäumen eine vom Verkehrsverein gestiftete Bank, machte es sich auf ihr gemütlich und las eine Zeitung. Aber der Maler verließ das Haus nicht.

Einen Tag später verließ Lauterbach gegen Mittag das Atelierhaus in der Karlstraße und schlenderte auf allerlei Umwegen zum Gräber-Carree, benannt nach dem weltberühmten Architekten, der es erbaut hatte. Das Gräber-Carree war ein gigantischer Häuserblock mit Restaurants, Bars, noblen Bekleidungs- und Schuhgeschäften, kleinen Boutiquen, einer Apotheke, zwei Optikern, zwei Buchhandlungen, einem Supermarkt und anderen Geschäften im Parterre und im Untergeschoß, alle von einem Atrium im Inneren des Komplexes erreichbar. Darüber waren Etagen mit Büros und Arztpraxen, schließlich von der sechsten bis zur achten Etage Wohnungen und Appartements unterschiedlicher Größe. Bis zur dritten Etage konnte man Rolltreppen benutzen, die in der Mitte des Atriums errichtet waren. Wollte man höher hinaus, musste man einen der vier Aufzüge benutzen.

Bendow war Lauterbach gefolgt, der zu einem der Aufzüge ging. Da Lauterbach allein in den Aufzug einstieg, blieb Bendow zurück und beobachtete die Anzeige über der Aufzugtür, die zügig von einer zur nächsten Zahl sprang. Bei 7 blieb sie eine Weile stehen. Dann kam der Aufzug wieder nach unten.

Bendow wusste, dass Eva Grojan an diesem Tage vormittags Probe hatte, aber abends nicht spielen brauchte. Wenn die alte Diva Recht hatte, rechnete Bendow in den nächsten Minuten mit dem Erscheinen der jungen Schauspielerin.

Das Atrium konnte man durch mehrere Eingänge betreten. Das erschwerte es ihm, sie zu entdecken. Noch einmal zum Staatstheater zu gehen, war zu riskant; denn wahrscheinlich war sie schon unterwegs, und Bendow wusste nicht, welchen Weg sie nehmen würde. Er wusste auch nicht, ob sie den gleichen Aufzug nehmen musste wie Hermann Lauterbach oder auch einen anderen nehmen konnte. Wie soll ich die vier verdammten Aufzüge im Auge behalten, fluchte er. Schließlich fand er in der Nähe eines Blumengeschäftes, unmittelbar neben einem der Aufzüge einen Platz, von wo aus er alles einigermaßen im Blick hatte, ohne selbst zu sehr aufzufallen.

In diesem Augenblick kam Eva Grojan direkt auf ihn zu! - Und ging an ihm vorbei zu einem der Aufzüge. Bendow folgte ihr. Zwei Männer und eine Frau warteten dort bereits, um ebenfalls nach oben zu fahren. Der Aufzug kam, alle stiegen ein, Eva Grojan drückte die 7, einer der Männer die 8, die fremde Frau die 4. Bendow tat so, als wolle er ebenfalls drücken, nur um festzustellen, dass seine Etage schon gewählt sei. Er stieg hinter Eva Grojan in der 7. Etage aus, blieb stehen, als müsse er sich erst orientieren, folgte ihr dann in den Gang nach links, den sie ganz hinunterging. Am Ende des Ganges bog sie ab und war für einen Augenblick verschwunden. Als Bendow vorsichtig um die Ecke schaute, sah er, dass sie gerade eines der Appartements betrat. Er wartete, bis sich die Tür hinter ihr geschlossen hatte, ging dann zu der Appartementtür, merkte sich die Nummer des Appartements und die Lage im Verhältnis zu den anderen Wohnungstüren. Einen Namen fand er nicht an der Tür.

Im Erdgeschoß stand am zugehörigen Briefkasten sinnigerweise »Mahler«. Bendow verließ das Atrium durch den Ausgang Lindenstraße. Auf der gegenüberliegenden Seite der Straße stand ein riesiges Parkhaus, dessen oberstes Parkdeck etwa auf der gleichen Höhe lag wie die 7. Etage des Gräber-Carrees. Das war günstig, wie Bendow feststellte.

Er ging zurück zu seinem Käfer, den er am Rande der Innenstadt abgestellt hatte, wo das Parken noch kostenlos war. Du bist ein Idiot, dachte er, der Parkschein wäre doch auf Spesen gegangen.

Er entnahm dem Handschuhfach ein Fernglas und ging zum Parkhaus zurück. Oben auf dem Parkdeck fand er zwischen zwei Lieferwagen einen guten Platz an der Brüstung, von dem er die Front des Gräber-Carrees gut im Blick hatte und selbst kaum entdeckt werden konnte.

Bendow stand etwas höher als die siebte Etage des gegenüberliegenden Hauses und hatte die Sonne im Rücken. Er zählte die Fenster ab und kam zu dem Schluss, dass nach der Zahl der Türen auf dem Flur zwei Fenster zu jedem Appartement gehören mussten, wenn, was er nicht wusste, was aber glücklicherweise zutraf, alle Appartements auf dieser Seite gleich groß waren. Er richtete das Fernglas auf die beiden in Frage kommenden Fenster. Bei dem linken waren die Vorhänge vorgezogen, bei dem rechten nicht.

Die Sonne schien auf ein breites französisches Bett mit einem tiefblauen Laken. Bettdecke und Kopfkissen waren hellblau bezogen. Halb bedeckt lag ein Paar selig schlummernd im Bett. Sie hatte sich in seine Achselbeuge gekuschelt und er seinen rechten Arm um sie gelegt und hielt ihre kleine rechte Brust in seiner großen Hand. Rechts und links schauten ein weibliches und ein männliches Bein unter der Bettdecke hervor.

Bendow konnte Eva Grojan und Hermann Lauterbach nicht erkennen, aber nach dem, was er wusste, kam niemand anderes in Betracht. Da sind ja die Liebenden vom Gräber-Carree, murmelte er vor sich hin. Glück hat eben nur der Tüchtige. Schade, dass ich die Kamera nicht dabei habe, wäre mein Auftrag schon erledigt! Warte ich, ob sie heute nochmal wollen? Er lächelte in sich hinein und nannte sich einen Spanner. Dann ging er weg.

In seinem Büro stellte Bendow im Spiel- und Probenplan des Theaters fest, dass sich die nächste günstige Gelegenheit erst in drei Tagen ergab, packte aber jetzt schon seinen Fotokoffer. Dann holte er sich das Telefon heran und wählte die Nummer von Gladys Winter.

Es dauerte eine ganze Weile, ehe sich Frau Sturm meldete: »Ja bitte?«

»Hier ist Bendow. Ich wollte Frau Winter einen ersten Bericht erstatten.«

»Sie können auch mir berichten.«

»Es war ausgemacht, dass ich nur Frau Winter berichte.«

»Einen Moment, ich stelle durch.«

»Ja bitte?« meldete sich jetzt Gladys Winter.

»Bendow hier, Frau Winter. Ich möchte Ihnen den ersten Bericht geben.«

»Bitte. Fangen Sie an.«

»Ich kann bestätigen, dass Ihr Mann mit Eva Grojan ein Verhältnis hat.«

»Das ist nichts Neues für mich.«

»Doch. Dass ich es bestätigen kann, ist neu; auch für Sie.«

»Na schön, junger Mann. Weiter.«

»Ich weiß, wo sie ihr Liebesnest haben.«

»Und wo?«

»Das möchte ich im Moment noch zurückhalten. Mir fehlen nämlich noch die Beweise für ... für.... Na, was sie eben dort treiben.«

»Sie können es ruhig mit den Worten ausdrücken, die Ihnen so zur Verfügung stehen, junger Mann. Ich bin nicht zimperlich und kenne das entsprechende Vokabular von Gosse bis Salon. Also weiter.«

Stimmt, dachte Bendow und erinnerte sich an seinen Besuch bei ihr. Dann sagte er: »Ich sehe eine Möglichkeit, Beweise zu beschaffen. Fotos, eindeutige Fotos, aber es wird nicht einfach werden und es kann noch eine Weile dauern.«

»Ich dachte mir schon, dass Geld Ihr Problem ist. Wenn Sie in acht Tagen die Sache erledigt haben, gibt es noch tausend obendrauf. Also strengen Sie sich an, junger Mann.«

Dann wurde aufgehängt.

Drei Tage später folgte Bendow der jungen Schauspielerin vom Staatstheater zum Gräber-Carree. Seinen Käfer mit der Kameraausrüstung hatte er schon vorher auf dem obersten Parkdeck des Parkhauses geparkt. Kurz vor dem Gräber-Carree stellte er die Beschattung ein und ging zum Parkhaus, fuhr nach oben, nahm die Kamera heraus, die schon mit einem Film geladen war, schraubte sie auf das Stativ, setzte das große Teleobjektiv ein und stellte alles an der Brüstung des Parkdecks auf, wieder gut gegen neugierige Blicke geschützt. Leider schien diesmal keine Sonne, die ihm gute Aufnahmen garantiert hätte. Er machte ein paar Aufnahmen von der gesamten Fassade des Carrees und fuhr dann mit dem Teleobjektiv immer näher heran und fotografierte, um zu dokumentieren, um welche beiden Fenster des Hauses es sich handelte. Wieder war vor dem linken Fenster der Vorhang zugezogen, während das rechte Fenster offen stand. Er sah im Hintergrund eine Person hin und hergehen. Jetzt trat sie ans Fenster. Es war Eva Grojan. Schnell machte Bendow ein paar Aufnahmen. Während er fotografierte, schien ihm, als bewegte sich der Vorhang vor dem linken Fenster, aber als er genau hinsah, war alles wie zuvor. Dann zog Eva Grojan den Vorhang auch vor dem rechten Fenster zu. Pech gehabt. Lauterbach war nicht zu sehen gewesen.

Bendow packte seine Fotoausrüstung ein, ließ aber den Käfer noch auf dem Parkdeck stehen und fuhr mit dem Aufzug hinunter. Er bummelte über eine Stunde herum, bis er sah, dass die beiden Liebenden im Abstand von zehn Minuten das Carree verließen.

Wieder drei Tage später bot Eva Grojans Terminkalender die nächste Chance. Wenn es diesmal klappt, kann ich mir den Extratausender doch noch verdienen, dachte Bendow. Das Wetter soll auch besser werden.

3

Der Freitag wurde ein strahlend schöner Tag. Gegen elf war Bendow kurz in seinem Büro, prüfte den Inhalt seiner Fototasche und fuhr in das Parkhaus. Auf dem obersten Parkdeck stellte er den Käfer in die gleiche Parktasche wie beim letzten Mal. Noch waren nur wenige Wagen hier oben abgestellt. Bendow fuhr hinunter und ging zum Staatstheater. Punkt zwölf sah er die ersten Schauspieler aus dem Bühneneingang kommen, unter ihnen Eva Grojan. Sie verabschiedete sich schnell von ihren Kolleginnen und Kollegen und schlug die Richtung zum Gräber-Carree ein. Bendow folgte ihr nicht, sondern ging auf einem anderen Weg direkt zum Parkhaus. Oben auf dem Parkdeck angekommen, stellte er befriedigt fest, dass die Vorhänge am rechten Fenster wieder zurückgezogen waren und das Fenster weit offen stand. Noch schien die Sonne nicht richtig in das Zimmer, aber in einer Viertelstunde würde der Raum vom Sonnenlicht überflutet sein.

Bendow prüfte vorsichtshalber noch einmal, dass mit seiner Kamera alles in Ordnung war. Dann konzentrierte er sich auf die Fenster der gegenüberliegenden siebten Etage.

Nach wenigen Minuten kam Eva Grojan in einem verführerischen Negligé von links am offenen Fenster vorbei, drehte sich etwas um, schaute zum Fenster hinaus und drehte sich dann nach links. Jetzt wurde die große, kräftige Gestalt und das wallende Haar von Hermann Lauterbach sichtbar, und zum erstenmal fiel Bendow auf, wie klein und grazil Eva Grojan war. Bendow schoss Bild um Bild.

Eva Grojan wurde von Hermann Lauterbachs breitem, nacktem Rücken völlig verdeckt. Nur ihre Arme, die sie um seinen Nacken geschlungen hatte, waren zu sehen. Dann sanken sie aufs Bett, das Negligé wurde bald abgestreift, und die beiden gaben sich einem ausgedehnten Liebesspiel hin. Bendow stellte verwundert fest, dass ein Detektiv auch nur ein Mann ist. Dann lenkte er sich von seinen erotischen Gedanken ab und wechselte den Film. Als er wieder hinübersah, saß sie rittlings auf ihrem Liebhaber und ihr Rücken hob und senkte sich immer schneller. Dann lehnte sie sich abrupt weit zurück und ließ sie sich von ihm gleiten. Kurz darauf lagen beide rücklings ausgestreckt auf dem Bett, das diesmal mit schwarzer Bettwäsche bezogen war. Sie schienen völlig erschöpft zu sein; ihre Haare waren verstrubbelt und seine wallenden Locken waren ihm ins Gesicht gefallen.

Bendow hatte auch den zweiten Film verschossen. Er baute Kamera und Stativ ab, packte alles in die Fototasche, die er im Auto verstaute. Mit den beiden Filmen in der Hosentasche verließ er das Parkhaus und ging zu einem kleinen Fotogeschäft mit Schnellservice, das etwas außerhalb des Stadtzentrums lag und dessen Betreiber er kannte.

»He, Mike, kannst du mal die beiden Filme durchlaufen lassen.«
»Klar, Greg, willst du drauf warten?«
»Natürlich.«
»Welche Größe?«
»13 mal 18 wäre recht.«
»Indexprint?«
»Nicht nötig. Kostet nur unnötig Zeit.«
»Nicht bei mir, Greg. Und ist im Preis mit drin.«

Mike machte sich an dem Minilab zu schaffen. Es dauerte keine Viertelstunde, dann waren die Bilder fertig, die Bendow selbst aus dem Ausgabeschacht nahm und eintütete, ohne dass Mike einen

Blick darauf werfen konnte. Er zahlte, ließ sich eine Quittung geben und verließ den Laden. Der Auftrag hatte sich gelohnt! Er überschlug den Gewinn, beschloss, ein paar Hunderter für schlechte Zeiten zurückzulegen, einen Teil seiner Schulden zurückzuzahlen, jetzt aber erst einmal zwei Straßen weiter bei Donatelli anständig zu essen, einen guten Rotwein und zum Schluss einen Espresso zu trinken.

Um halb vier verließ Bendow das italienische Lokal, gesättigt und immer noch leicht beschwingt, ging zum Parkhaus und kutschierte seinen Käfer in aller Gemütsruhe zu seinem Büro. Seine gute Laune wurde noch besser, weil er unmittelbar vor dem Bürogebäude einen freien Parkplatz fand.

Wenig später hatte er die Bilder auf dem Schreibtisch ausgebreitet und studierte sie, manche sogar genüsslich. Eva Grojans zierliche Figur und Hermann Lauterbachs massige Gestalt, ein hübscher Kontrast. Dazu sein wallendes Haar, dass ihm in den Momenten der Lust ungebändigt ins Gesicht fiel. Bendow schob die Bilder zusammen, schrieb eine Rechnung für Frau Winter und vergaß nicht, den Vorschuss zu berücksichtigen. Dann rief in der Villa der alternden Diva an. Es meldete sich eine Männerstimme mit »Hallo?« ohne einen Namen zu nennen. Bendow legte sofort wieder auf.

4

Im Kriminalkommissariat schrillte das Telefon. Kriminalkommissar Max Minnert hob ab und meldete sich. Es war das Mädchen aus der Telefonzentrale.
»Herr Minnert, ich stelle ein Gespräch durch. Ich glaube, es geht um Mord.«
Im nächsten Augenblick hörte Minnert eine aufgeregte Frauenstimme.

»Ist dort die Kriminalpolizei?«

»Ja. Kriminalkommissar Minnert am Apparat. Was kann ich ...«

»Frau Winter ist ermordet worden!«

»Sagen Sie mir doch bitte zunächst, wer Sie ...«

»Aber Frau Winter ist ermordet worden!« schrie es aus der Leitung.

»So beruhigen Sie sich doch«, sagte Minnert. »Sie müssen uns schon sagen, wo das passiert ist, damit wir hinkommen können.«

»In ihrem Haus! Frau Winter ist in ihrem Haus ermordet worden! Es ist alles voller Blut!«

»Und wo ist das? Straße und Hausnummer bitte.«

»Hölderlinweg 6.«

»Hölderlinweg 6«, wiederholte Minnert. »Wir sind so schnell wie möglich da. Rühren Sie nichts an. Warten Sie auf unser Eintreffen. Wie war Ihr Name?«

»Ich bin Frau Sturm.«

»Wir sind schon unterwegs.«

Minnert legte auf, rief nach seinem Assistenten Rudolf Rauskolb, der nebenan sein Büro hatte, informierte die Spurensicherung und rief die Gerichtsmedizin an.

Zwei Minuten später waren Minnert und Rauskolb mit Blaulicht unterwegs zur Fasanerie. Ein Streifenwagen folgte. Frau Sturm hatte wohl ihre Fassung wiedergewonnen und bereits das große Tor geöffnet, durch das jetzt die beiden Polizeiwagen fuhren. Sie wartete in der offenen Tür.

Minnert, ein schlanker Mann mit roten Haaren und Sommersprossen, vielleicht 45 Jahre alt, stellte sich und seinen Kollegen Rauskolb vor. Rauskolb war 10 Jahre jünger, etwas kleiner, aber massig, mit tiefliegenden kleinen Augen, die jovial lächeln konnten, aber manchmal das Gesicht zu dem eines Pitbulls werden ließen. Frau Sturm drehte sich wortlos um und ging ins Haus,

Minnert und Rauskolb folgten ihr. Die Streifenpolizisten blieben draußen.

»Wo ist denn die ermordete Frau Winter?« fragte Minnert.
»Frau *Gladys* Winter«, betonte Frau Sturm.
»Die Schauspielerin?« sagte Minnert überrascht und blieb abrupt stehen.
Frau Sturm blieb ebenfalls stehen und drehte sich um.
»Ja. Die Schauspielerin Gladys Winter; ich bin ihre Haushälterin.«
Sie führte die beiden Kriminalbeamten in die Bibliothek.

Gladys Winter lag ausgestreckt auf dem Rücken mitten im Raum, ein Bein leicht angewinkelt, die Arme abgespreizt, die Augen weit geöffnet. Sie trug ein langes helles Kleid, auf dem sich über ihrem Leib ein großer, dunkelroter Fleck ausgebreitet hatte. Der Parkettboden um sie herum war ebenfalls mit Blut besudelt. Ein großes Küchenmesser lag neben der Leiche. Minnert und Rauskolb sahen sich die Tote nur von weitem an und verließen dann das Zimmer.

In diesem Moment kamen Karin Schilling und Kurt Goth von der Spurensicherung zusammen mit Dr. Bertsch von der Gerichtsmedizin ins Haus. Minnert wies nur stumm zur Bibliothek und ging dann auf Frau Sturm zu.
»Wo können wir uns unterhalten?« fragte er.
»Am besten in der Küche«, sagte Frau Sturm.
Sie gingen in die Küche und setzten sich auf die Küchenstühle.
»Erzählen Sie«, sagte Rauskolb, aber Frau Sturm konnte nichts sagen. Sie ließ den Kopf auf den Küchentisch fallen. Ein Tränenstrom brach aus ihr heraus. Rauskolb wollte aufstehen und zu ihr hinübergehen, aber Minnert hielt ihn zurück. Nach einer Weile hörte Frau Sturm auf zu weinen, hob ihr gerötetes Gesicht, holte ein Taschentuch hervor, mit dem sie die Tränen trocknete und in das sie hinein schneuzte.

»Der Maler hat sie umgebracht!« stieß sie hervor.

»Welcher Maler?« fragte Minnert.

»Ihr Mann Hermann Lauterbach.«

»Wie kommen sie darauf? Haben Sie es gesehen?«

»Die beiden haben seit Jahren Streit, weil er sie schamlos betrügt und nur noch auf ihre Kosten lebt.«

»Ich dachte, als weltberühmter Maler verdient er genug Geld.«

»Das war einmal. Das ist längst vorbei.«

»Und Sie haben gesehen, wie er sie umgebracht hat?«

»Nein. Ich war ja nicht da. Ich war in der Stadt zum Einkaufen. Da stehen ja noch die Sachen.«

Sie wies zur Arbeitsplatte, auf der ein Korb mit Obst und Gemüse stand.

»Jetzt mal der Reihe nach. Als Sie das Haus verließen, lebte da Frau Winter noch?«

»Ja.«

»Um wieviel Uhr war das?«

»Das war gegen zwölf.«

»Etwas spät für den Markt.«

»Ich war im Supermarkt am Schlossplatz. Ich war so spät ... Sonst gehe ich früher zum Einkaufen! Ich war so spät, weil ich unbedingt ein Buch abholen sollte, das Frau Winter bestellt hatte, und um halb zwölf rief die Buchhandlung an, Buchhandlung Schlapp, dass das Buch jetzt da sei. Um zwei Uhr war ich zurück. Ein paar Minuten später habe ich sie gefunden. Ich wollte das Buch in die Bibliothek legen. Da lag sie da. Es war so schrecklich!« Frau Sturm fing wieder an zu weinen.

Minnert ließ sie weinen, aber Rauskolb nahm die Befragung wieder auf.

»Wie sind Sie denn in die Stadt gekommen?«

»Ich habe den Bus genommen.«

»Wer war denn außer Frau Winter noch im Haus, als Sie zum Bus gingen?«

»Niemand.«

»Wo war Herr Lauterbach?«

»Er ist wie jeden Tag um neun in sein Atelier in der Karlstraße gefahren.«

»Haben Sie ihn schon informiert?«

»Nein.«

»Kann eigentlich jeder unbemerkt das Grundstück und das Haus betreten?«

»Nein, das Tor ist immer geschlossen.«

»Und sonst kann man nicht auf das Grundstück?«

»Höchstens, wenn man irgendwo über den Zaun klettert.«

»Gibt es eine Alarmanlage?«

»Nein.«

Minnert machte Rauskolb ein Zeichen, nicht weiter zu fragen und sagte dann zu ihr: »Bleiben Sie einen Moment in der Küche. Ich muss ein paar Anweisungen geben, dann komme ich zu Ihnen zurück.« Sie nickte nur. Minnert und Rauskolb gingen in die Halle und schlossen die Küchentür hinter sich.

Minnert sagte: »Von der Wache am Schloss soll jemand zum Atelier gehen und feststellen, ob Lauterbach da ist. Wenn ja, soll er ihn hierher bringen. Er kann ihm sagen, seiner Frau wäre etwas passiert. Egal, ob er sie umgebracht hat oder nicht, er wird in jedem Fall mitkommen. Zweitens muss geprüft werden, ob man unbemerkt das Grundstück betreten kann und ob vielleicht ein Fenster oder eine Tür so weit offen war, dass man ins Haus kommen konnte. Drittens muss das mit der Buchhandlung überprüft werden. Dann will ich Dr. Bertsch haben. Ich muss wissen, wann der Mord verübt wurde. Schließlich alles, was die Spurensicherung bereits ermittelt hat. Hast du dir alles gemerkt?«

»Ja.«

»Okay, dann los. Jeder, der was zu berichten hat, sofort rein zu mir.«

Minnert ging wieder zur Küchentür, drehte sich aber noch einmal um und sagte: »Die beiden Streifenpolizisten sollen feststellen, wer von den Nachbarn zwischen halb zwölf und zwei zu Hause war, und ob er oder sie jemanden gesehen hat, Bekannte wie Unbekannte, oder ob er sonst irgendwas bemerkt hat. Die sollen genaue Notizen machen! Und die Busfahrer müssen ermittelt und nach Frau Sturm gefragt werden.«

Rauskolb nickte und machte sich an die Arbeit.

Frau Sturm saß in sich zusammengesunken am Küchentisch und starrte vor sich hin.

»Frau Sturm«, nahm Minnert den Faden wieder auf, »als Sie in die Bibliothek kamen und Frau Winter gefunden haben, haben Sie da etwas angefasst?«

»Nein, es war so schrecklich. Ich wusste gleich, dass sie tot ist. Das viele Blut. Ich habe gleich bei der Polizei angerufen.«

»Ihr Anruf war zwölf nach zwei. Das kommt hin. Jetzt aber nochmal zu dem Verhältnis von Frau Winter und Herrn Lauterbach. Wissen Sie, mit wem er sie betrogen hat?«

»Nein, das weiß ich nicht.«

»Wusste es Frau Winter?«

»Sie hat mir mal gesagt, jetzt hat er wieder eine andere. Jetzt reicht es mir aber!«

»Er hat sie im Lauf der Zeit demnach mehrfach betrogen.«

»So habe ich das verstanden.«

»Was hat sie gemeint mit: Jetzt reicht es mir aber!«

»Sie wollte ihn rauswerfen und sich scheiden lassen. Die Villa gehört ihr.«

»Hätte er da nicht die Hälfte gekriegt?«

»Das weiß ich nicht. Da müssen Sie ihren Rechtsanwalt fragen. Der war am Freitag da.«

»Wer ist das?«

»Dr. Lindenstruth.«

Es klopfte an der Küchentür und Dr. Bertsch trat ein.

»Sie wollen die ersten Ergebnisse, Commissario?« sagte Bertsch und zwirbelte sich seinen buschigen, angegrauten Schnurrbart.

»Vor allem Todesursache, Tatwaffe und insbesondere Tatzeitpunkt.«

»Frau Winter wurde erstochen, Tatwaffe ist mit an Sicherheit...«

»Ja, ja, ja.«

».... ist ziemlich sicher das Küchenmesser, das neben ihr lag. Tatzeit... Es ist jetzt kurz vor drei. Zwanzig vor waren wir da. Nach erster Einschätzung war Frau Winter zu dem Zeitpunkt wenigstens zwei, aber nicht mehr als drei Stunden tot. Also grob zwischen 11 Uhr 40 und 12 Uhr 40. Vermutlich aber erst nach zwölf. Genaueres kann ich heute Abend sagen.«

»Danke, Dottore.«

Dr. Bertsch stand noch in der Tür, als Rauskolb hereinkam. Minnert stand auf, verließ mit beiden die Küche und schloss die Tür hinter sich.

»Max,« begann Rauskolb, »folgendes haben wir ermittelt. Erstens, die Nachbarn haben niemanden gesehen. Eine Liste derer, die zur fraglichen Zeit zu Hause waren, ist erstellt worden. Zweitens, hinter den Grundstücken verläuft ein schmaler Weg, der durch die dichte Bepflanzung kaum einsehbar ist. Es gibt ein Gartentörchen, das verschlossen ist, aber kein wirkliches Hindernis darstellt. Im Wohnzimmer stand die Terrassentür offen. Die Busfahrer sind ermittelt worden und haben die Angaben von Frau Sturm bestätigt. Frau Sturm war ihnen bekannt, weil sonst kaum jemand an der Haltestelle Goethestraße ein- oder aussteigt. Die Buchhandlung hat den Anruf bei Frau Winter und den Besuch von Frau Sturm bestätigt, konnte sich aber nicht mehr an die genaue Zeit erinnern.«

»Das wäre auch die erste Buchhandlung, die sich an etwas erinnert.«

»Ich meine die Leute dort. Gegen Mittag, meinten sie, müsse das gewesen sein.«

»Das passt ja alles zusammen. Was ist mit Hermann Lauterbach?«

»Ist unterwegs. Er war im Atelier.«

»Inzwischen weiß ich, dass sich Frau Winter scheiden lassen wollte. Schick bitte jemanden zu einem Rechtsanwalt Dr. Lindenstruth, die Adresse musst du dir raussuchen. Der hat Frau Winter am letzten Freitag besucht. Der Beamte kann dem Anwalt vertraulich mitteilen, dass Frau Winter ermordet wurde, und soll fragen, ob er, der Anwalt, mit Frau Winter über eine geplante Scheidung gesprochen hat und was dabei rausgekommen ist. Ich hoffe, er verweigert uns nicht die Auskünfte, jetzt, wo seine Klientin tot ist.«

»Okay, Max.«

Minnert ging in die Küche zurück.

»Die Terrassentür stand offen. Haben Sie die geöffnet, als Sie nach Hause gekommen sind?« fragte er Frau Sturm.

»Nein, die Tür vom Salon zur Terrasse war geschlossen, als ich weggegangen bin. Ich habe sie auch nicht geöffnet, als ich zurückkam. Ich war seitdem überhaupt noch nicht im Salon.«

»Können Sie sich vorstellen, dass Frau Winter sie geöffnet hat?«

»Das kann sein. Frau Winter wollte immer frische Luft haben.«

Wiederum klopfte es an der Küchentür. Rauskolb steckte seinen Kopf in die Küche und sagte nur. »Der Maler ist da.«

»Bring ihn... Ja, bring ihn in den Salon. Ich komme gleich. Weiß er schon, was passiert ist?«

»Ja. Ich habe es ihm gesagt.«

»Gut.«

5

Als Minnert den Salon betrat, ging Lauterbach unruhig auf und ab. Minnert trat auf ihn zu, reichte ihm die Hand und sagte: »Ich bin Kriminalkommissar Minnert. Ich leite die Ermittlungen,

Herr Lauterbach. Darf ich Ihnen mein herzliches Beileid aussprechen.«

»Danke, Herr Kommissar.«

»Herr Lauterbach, kennen Sie irgendjemanden, der Ihrer Frau
nach dem Leben getrachtet haben könnte?«

»Nein. Ich kann mir nur vorstellen, dass sie einem Einbrecher in
die Quere gekommen ist, und der hat dann zugestochen.«

»War es denn einfach, ins Haus zu kommen?«

»Das Haus ist ja keine Festung, in der wir leben. Hinten, über den
Gartenzaun ist es sicher kein Problem.«

»Ist denn etwas Wertvolles im Haus?«

»Ihren Schmuck hatte meine Frau bis auf ein paar Lieblingsstücke
im Bankschließfach. Größere Geldmengen waren nie im Haus.
Natürlich sind im Haus wertvolle Möbel, Teppiche, Bilder und
ein paar andere Gegenstände.«

»Darum werden wir uns später kümmern. - Wie war denn ihr
Verhältnis zueinander?«

Lauterbach zögerte. Dann sagte er langsam und bedächtig: »Legen
Sie meine Worte nicht auf die Goldwaage. - Wir waren ein un-
gleiches Paar. Die Leidenschaft der ersten Jahre war abgeklungen,
aber noch nicht endgültig versiegt. Wir lebten jeder sein eigenes
Leben, aber wir blieben zusammen.«

»Gab es dafür wirtschaftliche Gründe?«

»Meine Frau war vermögend.«

»Ich dachte mehr an Sie.«

»Sie scheinen nicht zu wissen, wer ich bin.«

»Ein berühmter Maler. Die Frage ist aber, ob Sie auch ein erfolg-
reicher Maler sind.«

»Wollen Sie mir etwas anhängen?« stieß Lauterbach schroff hervor.

»Wir werden Sie bitten müssen, Ihre wirtschaftlichen Verhältnisse
offen zu legen«, antwortete Minnert ungerührt.

Es klopfte an der Tür und Minnert sagte laut. »Ja?«

Rauskolb schaute herein und sagte: »Max, hast du mal einen Moment Zeit?«

»Ich komme«, sagte Minnert zu Rauskolb, und zu Lauterbach: »Sie können in der Zwischenzeit nachschauen, ob etwas gestohlen ist.«

»Kann ich auch die Bibliothek betreten?«

Minnert drehte sich zu Rauskolb: »Ist der Tatort freigegeben?«

»Ja. Die Spurensicherung ist fertig, das Opfer ist bereits weggebracht worden.«

»Wo haben Sie meine Frau hingebracht?« fragte Lauterbach.

»In die Gerichtsmedizin zur genauen Untersuchung der Todesursache.«

Lauterbach verließ den Salon und ging zur Bibliothek hinüber.

Minnert zog Rauskolb in den Salon und schloss die Tür.

»Was gibt es?«

»Ich hatte Dr. Lindenstruth am Telefon. Er sagt, er sei nicht der Familienanwalt, sondern nur *ihr* Anwalt gewesen. Insofern könne er Auskunft geben: Frau Winter habe ihm mitgeteilt, dass sie sich von Lauterbach scheiden lassen wolle, weil er sie betrüge und ihr Geld verprasse. Lauterbachs eigene Einkünfte seien in den letzten Jahren stark zurückgegangen. Von dem, was er in früheren Jahren einmal verdient habe, sei so gut wie nichts mehr da gewesen. Es gebe ein Testament und einen Ehevertrag. Im Testament hätten sich beide ohne weitere Einschränkungen gegenseitig als Erben eingesetzt. Im Ehevertrag, und das ist interessant, wäre Gütertrennung für den Fall vorgesehen, dass ein Partner den anderen betrogen hätte und der betrogene Partner die Scheidung verlangte. Die Schlüsse, die man daraus ziehen muss, sind klar, oder?«

»Klar. Jetzt kriegt er alles. Im Falle der Scheidung wäre er ein armer Mann gewesen, vorausgesetzt, sie konnte ihm einen Seitensprung beweisen.«

»Wenn er sie allerdings umgebracht hat, scheidet er natürlich als Erbe aus.«

»Wusste der Anwalt, wer dann erbt?«

»Es gibt eine Nichte von ihr, die in Griechenland lebt.«

Minnert schaute nachdenklich zum Fenster, zupfte an seiner Nase und sagte dann zu Rauskolb: »Versuch die Nichte zu erreichen und schick mir Lauterbach wieder herein.«

Rauskolb ging zur Tür und hatte die Klinke schon in der Hand, als Minnert sagte: »Rudi, einen Moment noch. Sind Spuren eines gewaltsamen Einbruchs festgestellt worden?«

»Nein; auch keinerlei Spuren, dass nach irgendetwas gesucht wurde. Keine herausgerissenen Schubladen, keine geöffneten Schränke, keine herum gestreuten Sachen und so.«

»Es deutet also nichts auf einen Einbruch hin, es sei denn, der Einbrecher hätte genau gewusst, wonach er sucht. - Na ja. - Schick mir dann bitte den Lauterbach wieder herein.«

»Eins noch, Max. Frau Sturm hat die Tatwaffe identifiziert. Es ist ein Küchenmesser, das normalerweise in einer Küchenschublade liegt. Wie soll ein überraschter Einbrecher da dran kommen?«

»Hmm - Frau Winter könnte es sich genommen haben, als sie den Einbrecher hörte, und er hat es ihr abgenommen. Also keine voreiligen Schlüsse, Rudi.«

Zwei Minuten später betrat Lauterbach erneut den Salon.

»Herr Lauterbach, nach dem, was ich weiß, geht es nicht mehr darum, Sie zu befragen, es geht darum, Sie zu verhören. Sie verstehen den Unterschied?«

Lauterbach nickte.

»Sie können die Antworten verweigern und Sie können auf der Anwesenheit eines Anwaltes bestehen.«

»Ich habe nichts zu verbergen. Fragen Sie mich oder verhören Sie mich; das spielt für mich keine Rolle.«

»Herr Lauterbach, wir haben Informationen, dass Frau Winter sich scheiden lassen wollte.«

»Das ist gelogen!«

»Lassen Sie mich erst ausreden, dann können Sie etwas dazu sagen. Wir wissen weiterhin, dass Sie Ihre Frau betrogen haben, und dass Sie unter dieser Voraussetzung bei einer Scheidung leer ausgegangen wären.«

»Das hat Ihnen die Sturm erzählt! Die alte Hexe! Vielleicht hat *sie* ja Gladys erstochen!«

»Warum sollte Sie? Aber darum geht es mir im Moment gar nicht. Wir wissen weiterhin, dass Ihre wirtschaftliche Situation schlecht, sehr schlecht ist. Wir wissen schließlich, dass Sie der Haupterbe sind. Wo waren Sie zwischen 11 Uhr 30 und 13 Uhr?«

»Ich war in meinem Atelier in der Karlstraße.«

»Haben Sie dafür Zeugen?«

»Ich arbeite gerade an einem großen Auftrag. - Das nur zu dem, was Sie über meine wirtschaftliche Lage behaupten! - Deswegen hatte ich um diese Zeit keine anderen Termine.«

»Sie haben demnach keine Zeugen dafür, dass Sie in der fraglichen Zeit im Atelier waren.«

»Nein, habe ich nicht«, antwortete der Maler wesentlich kleinlauter.

»Herr Lauterbach, ich nehme Sie vorläufig fest wegen des Verdachts, Ihre Frau ermordet zu haben.«

»Ich habe sie nicht umgebracht!« schrie Lauterbach. »Das wird sich herausstellen!«

Lauterbach war abgeführt worden, die Spurensicherung hatte das Haus verlassen, die Leiche war schon in der Gerichtsmedizin eingetroffen, Frau Sturm saß noch immer regungslos in der Küche, und Minnert wusste nicht, was er mit ihr machen sollte. Schließlich fragte er sie, ob sie für ein paar Tage das Haus verlassen könnte. Sie nickte und nannte Namen und Adresse einer Kusine. Dann packte sie ein paar Sachen und bestellte sich ein Taxi.

Sie hatte kaum das Haus verlassen, als das Telefon klingelte. Rauskolb hob ab und sagte: »Hallo?«, wartete und nahm den Hörer wieder vom Ohr.

»Was ist los, Rudi?« fragte Minnert.

»Aufgelegt.«

»Schau doch mal, ob man an dem Apparat den letzten Anrufer feststellen kann.«

Rauskolb drückte auf einen Knopf, schaute auf die Anzeige und sagte: »Ja, da schau her! Eine Nummer in der Stadt. Hast du was zu schreiben?«

Minnert holte sein Notizbuch und einen Stift aus der Jackentasche und sagte: »Denn mal los.«

»79 89 423. Soll ich mal anrufen?«

»Ähh. - Lass uns mal zwei, drei Minuten warten.«

6

Das Telefon klingelte. Bendow hob ab.

»Greg A. Bendow, Private Ermittlungen, private investigations.«

»Minnert, Kriminalpolizei.«

»Herr Kommissar, welche Überraschung. Womit kann ich dienen?«

»Ist Ihnen Gladys Winter ein Begriff?«

»Natürlich. Wer würde sie nicht kennen?«

»Kennen Sie sie persönlich?«

»Bedaure, Herr Kommissar. Solche Fragen beantworte ich nicht.«

»Fragen wir anders. Was wollten Sie eben mit der Dame am Telefon besprechen?«

Bendow schwieg.

»Das Telefon im Hause Winter ist ein ganz modernes,« fuhr Minnert fort. »Man kann im Anzeigefenster die Nummer desjenigen sehen, der gerade angerufen hat. Also, was bezweckte Ihr Anruf?«

»Ich habe mich verwählt.«

»Leute, die sich verwählen, werden erschossen und verlieren ihre Lizenz als Privatdetektiv. Haben wir uns verstanden? Also raus mit der Sprache!«

Bendow zögerte und sagte dann: »Ich bearbeite gerade einen Auftrag von Frau Winter.«

»Und welcher Art ist dieser Auftrag?«

»Ich muss doch sehr bitten, Herr Kommissar.«

»Wundert es Sie eigentlich nicht, dass wir gerade in Frau Winters Haus waren, als Ihr Anruf kam?«

»Ich nehme an, Sie werden es mir gleich sagen.«

»Frau Winter wurde heute Mittag ermordet.«

»Ohhh!«

»So, Herr Bendow. Und jetzt: Was ist das für ein Auftrag?«

Wieder zögerte Bendow. Dann sagte er:
»Ich sollte Beweise für die Untreue ihres Mannes liefern.«

»Und können Sie es beweisen?«

»Ich habe die Beweise vor mir liegen.«

»Bleiben Sie in Ihrem Büro. Wir sind so schnell wie möglich bei Ihnen.«

Bendow schaute sich noch einmal die Fotos an, dann legte er acht beiseite, die ausreichten, das lustvolle Geschehen und den Ort des Schauspiels zu dokumentieren, schob die anderen zu einem Stapel zusammen und verstaute sie in seiner Schreibtischschublade. Dort lag noch der Umschlag mit dem Rest des Vorschusses. Da wird es wohl nichts mit dem Zurückzahlen meiner Schulden, dachte Bendow, denn den Extratausender kann ich mir jetzt ja wohl von der Backe putzen. Kaum hat man eine zahlungskräftige Auftraggeberin, wird sie umgebracht. Fair ist das nicht.

Es klopfte. Während Bendow noch sagte: »Herein! Die Tür ist offen!«, standen Kriminalkommissar Max Minnert und sein Assistent Rudolf Rauskolb bereits in seinem Büro. Ohne ein weiteres Wort wies Bendow auf die Besucherstühle und schob die ausgewählten Bilder über den Schreibtisch. Noch bevor er sich setzte, griff sich Minnert die Fotos, schaute sie durch und gab sie dann an Rauskolb weiter. Dann setzten sich die beiden Beamten.

»Stellen Sie uns die Bilder freiwillig zur Verfügung oder muss ich sie beschlagnahmen?« begann Minnert das Gespräch.

»Ich bitte Sie, meine Herren,« antwortete Bendow mit gespielter Höflichkeit, »wo ich dem Staat und der Gerechtigkeit ...«

»Schmarrn. Wer ist die Frau?«

»Gehen Sie nie ins Theater?«

»Bendow, die Fragen stellen wir.«

»Dann erzählen Sie mir doch bitte, was eigentlich passiert ist. Dann brauche ich nicht zu fragen.«

»Geht Sie nichts an.«

»Ach so. Ich dachte, sie hoffen auf meine Mitarbeit.«

»Kommen Sie mir nicht damit. Sie sind mit dem Tod Ihrer Auftraggeberin aus der Geschichte raus.«

»Ich weiß, ich weiß. Mir geht mein schönes Honorar durch die Lappen. Aber das kann ich ja vielleicht bei der Presse wieder reinholen.«

»Nachrichtensperre, Bendow! Und keine Bilder an die Presse! Sie haben doch sicher noch mehr gemacht, oder? Wo sind eigentlich die Negative?«

»Nicht hier.«

»Ich wette, die liegen in Ihrem Schreibtisch.«

Bendow machte ein Gesicht, als könne er nicht bis drei zählen.

»Na schön. Wie Sie wollen«, sagte Minnert, »Wären Sie eigentlich mit den Bildern zu uns gekommen, wenn Sie von dem Mord gehört hätten?«

»Aber selbstverständlich, Herr Kommissar.«

»Wer's glaubt... Also: Frau Winter wurde heute Mittag kurz nach zwei von ihrer Haushälterin erstochen aufgefunden. Der Mord muss verübt worden sein, als die Haushälterin zum Einkaufen in der Stadt war. Deren Angaben wurden überprüft; sie scheidet als Täterin aus. Der Ehemann der Winter, der Maler Lauterbach, gibt an, in der fraglichen Zeit in seinem Atelier in der Stadt gewesen zu sein. Zeugen konnte er dafür nicht benennen. Die Winter wollte sich scheiden lassen, und dann wäre er leer ausgegangen, falls er nachgewiesenermaßen die Ehe gebrochen hat. Jetzt ist er praktisch Alleinerbe. Wir haben ihn festgenommen. - Reicht das als Information?«

»Ich denke schon.«

»Also, wer ist die Frau?«

»Eva Grojan, Schauspielerin am Staatstheater.«

Rauskolb fing an, Notizen zu machen.

»Und wo sind die beiden da? Rudi, gib mir nochmal die Bilder.«

Rauskolb gab die Fotos an Minnert zurück.

»Gräber-Carree. Die Bilder sind vom obersten Parkdeck des gegenüberliegenden Parkhauses gemacht worden.«

»Ziemlich scharf! Aus fotografischer Sicht, wenn Sie wissen, was ich meine.«

»Man tut, was man kann. Für meinen Auftrag sind sie ..., nein, wären sie ausreichend gewesen.«

»Wann haben Sie die Aufnahmen gemacht?«

»Heute zwischen 12 Uhr 15 und 13 Uhr.«

»Wann?« rief Minnert überrascht aus und starrte Bendow an.

»Heute zwischen 12 Uhr 15 und 13 Uhr.«

»Verdammter Mist, dann haben wir den Falschen verhaftet!«

»Wieso?«

»Die Tatzeit liegt derzeit zwischen 12 und 12 Uhr 40.«

»Tja, das ist Ihr Problem, Herr Kommissar.«

Minnert fluchte vor sich hin, steckte die Fotos ein und drehte sich zu seinem Assistenten um.

»Hast du alles, Rudi?«

»Ja, Max.«

Grußlos, wie sie gekommen waren, gingen die beiden wieder. Bendow stellte sein Radiogerät an und wartete. Die Nachrichten um 17 Uhr erwähnten noch nichts, aber um 18 Uhr brachten sie den Mord an Gladys Winter und meldeten, dass die Polizei Ihren Mann, den Maler Hermann Lauterbach zunächst festgenommen, später aber wieder auf freien Fuß gesetzt hatte, weil er ein einwandfreies Alibi nachweisen konnte. Über die Art des Alibis wurde nichts berichtet. Um 19 Uhr nichts Neues in den Nachrichten zu dem Mord. Danach ging Bendow ins Theater, weil er Horst Eckes als Harras in »Des Teufels General« von Carl Zuckmayer sehen wollte.

7

Am nächsten Morgen saß Bendow verkatert in seinem Büro. Die Vorstellung war wegen Erkrankung eines Schauspielers ausgefallen, was er aber erst im Theater erfahren hatte. Er war verärgert durch ein paar Kneipen gezogen, erst nach zwei ins Bett gekommen und hatte schlecht geschlafen.

Auf dem Weg zum Büro hatte Bendow eine Zeitung gekauft. Der Mord kam als großer Aufmacher mit Bild auf dem Titelblatt und nahm die ganze Seite 3 ein. Dort stand aber mehr über das Leben und die großen Erfolge der alternden Diva, als über den Mord. Dafür kamen einige Nachbarn aus dem Dichterviertel und einige Schauspieler mit den üblichen Aussagen zu Wort. Die Haushälterin wurde ebenso wenig erwähnt wie Bendow.

Einen breiten Raum nahm die Verhaftung und spätere Freilassung des Malers ein, der aber, wie die Zeitung im Interesse ihrer Leser rügte, beim Verlassen des Gefängnisses nicht zu einer Stellungnahme bereit gewesen war.

Bendow blätterte angewidert weiter und fand noch eine Notiz, dass der Schauspieler Horst Eckes mit seinem Wagen schwer verunglückt sei und dass deshalb am Abend zuvor »Des Teufels General« ausfallen musste. Der Zustand des Schauspielers wurde als kritisch angesehen. Unfallursache schien nach ersten Erkenntnissen Alkohol zusammen mit überhöhter Geschwindigkeit zu sein. Bendow warf die Zeitung in den Papierkorb kippte seinen Schreibtischstuhl zurück und legte die Füße hoch. Es gab nichts mehr zu tun.

Nachdem er so eine halbe Stunde gedöst hatte, nahm er seine Füße vom Schreibtisch wieder herunter, zog die Schublade auf und nahm die Fotos heraus, die er behalten hatte. Die kann ich eigentlich wegschmeißen, dachte er. An die Presse verkaufen? Nee! Das schadet meinem Ruf. Also weg damit. Aber erst schau ich sie mir nochmal an. Vielleicht hebt das meine Stimmung.

Er breitete die Bilder auf dem Schreibtisch aus und betrachtete sie eher gelangweilt als angeregt. Doch dann wurde er munter, setzte sich gerade, wählte einige Bilder aus, nahm eine Lupe aus der Schreibtischschublade und studierte jedes eingehend. Auf einem lag Lauterbach erschlafft auf dem Bett. Bendow erinnerte sich, Minnert ein Bild gegeben zu haben, das diesem sehr ähnlich war. Er griff zum Telefon und wählte die Nummer der Kriminalpolizei. Die Telefonzentrale meldete sich.

»Verbinden Sie mich bitte mit Kriminalkommissar Minnert«, sagte Bendow.
»Herr Minnert ist in einer wichtigen Besprechung.«
»Dann reichen Sie ihm bitte sofort einen Zettel in die Besprechung, ich hätte wegen der Ermordung von Gladys Winter angerufen.«
»Wie war Ihr Name?«
»Bendow. Greg A. Bendow.«

Eine Minute später war Minnert am Apparat.

»Was ist, Bendow? Wollen Sie Ihre Aussage ändern? Eine andere Zeit für die Aufnahmen angeben? Dann hätten Sie sich die Mühe sparen können«, knurrte Minnert.

»Keineswegs, *Herr* Minnert. Wahrscheinlich wurde meine Aussage inzwischen auch von anderen bestätigt.«

»So ist es. Als wir Lauterbach sagten, wir wüssten, dass er zur fraglichen Zeit nicht in seinem Atelier war, ist er so nach und nach mit dem Appartement im Gräber-Carree rausgerückt und hat zugegeben, mit Eva Grojan ein Verhältnis zu haben.«

»Und sie hat das bestätigt.«

»Richtig. Außerdem haben wir kein einziges Kleidungsstück von Lauterbach gefunden, an dem Blutspritzer gewesen wären; nicht im Atelier, nicht im Hölderlinweg und nicht in dem Appartement.«

»Das beweist natürlich nichts.«

»Das ist mir auch klar.«

»Er war es also nicht?«

»Sieht so aus.«

»Er war es aber doch! Und ich kann es beweisen.«

»Er war was?«

»Derjenige, der Gladys Winter erdolcht hat!«

Eine Weile herrschte Schweigen. Dann sagte Minnert: »Und wie wollen Sie das beweisen?«

»Mit einem Foto, das Sie auch haben und einer kleinen Information, die ich von der Toten erhalten habe.«

»Von der Toten?«

»Als sie noch lebte.«

»Jetzt machen Sie es nicht so spannend, *Herr* Bendow.«

»Schon besser, Minnert. - Also Folgendes: Aus einer Bemerkung von Frau Winter schließe ich, dass bei Lauterbach irgendwann in seinem Leben eine Phimose operativ behoben wurde.«

»Eine was?«

»Phimose; vorn mit ph. Lesen Sie es im Gesundheitslexikon nach. Der Mann, der nach dem Schäferstündchen erschlafft auf dem Bett liegt, hatte dieses Leiden jedenfalls ganz eindeutig nicht. Folglich ist es nicht Lauterbach. Wenn Sie die Bilder sorgfältig betrachten, werden Sie feststellen, dass man sein Gesicht nie ganz richtig sieht. Wir haben alle *geglaubt*, es sei Lauterbach, aber es ist ein anderer. Betrachten Sie auf den Fotos den unterschiedlichen Haaransatz. Ich nehme an, es ist eine Perücke.«

»Und wer soll unter der Perücke stecken? Wissen Sie das auch?«

»Vermutlich der Schauspieler Horst Eckes.«

»Der ist heute Nacht an den Folgen eines Autounfalls gestorben.«

»Das habe ich befürchtet. Prüfen Sie, ob das Auto manipuliert war. Vielleicht hat er auch seine Fingerabdrücke in dem Appartement hinterlassen.«

»Wie kommen Sie auf Herrn Eckes?«

»Er hat die gleiche Figur wie Lauterbach, Eva Grojan kennt ihn vom Theater, und ich glaube, er war hinter ihr her.«

»Wir prüfen das, aber wenn es so war, wie Sie behaupten, dann sieht es doch so aus, als hätte man das Schäferstündchen gestern extra für Sie und Ihre Kamera arrangiert.«

»Daran habe ich auch schon gedacht. Aber bis jetzt ist mir dazu noch nichts Überzeugendes eingefallen.«

»Na schön. Wir machen uns an die Arbeit ... Einen Moment noch ...« Der Hörer wurde zugehalten, Bendow hörte nur noch undeutliches Gemurmel, dann meldete sich Minnert wieder: »Rauskolb hat inzwischen die Fotos geprüft. Es sieht tatsächlich so aus, als hätte der Mann eine Perücke auf, die sich manchmal verschiebt.«

Den ganzen Tag über grübelte Bendow über die inszenierte Bettszene nach. Ab und an wurde er von Anrufen aus seinen Gedanken gerissen. Jedesmal griff er hastig nach dem Apparat in der Hoffnung, Minnert würde ihm die Lösung des Falles präsentieren, aber einmal war es eine Frau Wirth, deren entlaufenen Hund er wiederfinden sollte, einmal der Hausmeister, der mitteilte, dass am nächsten Tag das Wasser für etwa vier Stunden abgestellt sein würde, schließlich eine Frau, die ihm ins Ohr zwitscherte, wie er mit ihrer Hilfe sein Vermögen in kurzer Zeit verdoppeln könnte. Er fragte nur, bevor er auflegte: »Welches Vermögen?«

Es wurde dämmrig und Bendow hatte sich gerade dazu entschlossen, nach Hause zu gehen, als das Telefon erneut läutete. Er zögerte, nahm aber doch ab.

»Minnert hier. Der Fall ist gelöst. Wir haben in dem Appartement tatsächlich mehrere Fingerabdrücke von Eckes gefunden. Außerdem war die Lenkung von Eckes´ Wagen manipuliert, so dass er innerhalb von 10 bis 20 km von der Straße abkommen musste. Eckes wohnt außerhalb und war bekanntermaßen ein schneller Fahrer, der zudem trank und ungern einen Gurt anlegte. Als wir Frau Grojan auf den Kopf zusagten, dass sie zur fraglichen Zeit nicht mit Lauterbach, sondern mit Eckes in der Wohnung war, hat sie alles gestanden. Daraufhin haben wir Lauterbach erneut verhaftet. Der hat inzwischen auch ein Geständnis abgelegt und ausgesagt, dass er Sie und Ihren alten Käfer im Hölderlinweg gesehen hat, ohne dass Sie es bemerkten. Als ihm dann Frau Grojan erzählte, dass ein merkwürdiger Mensch mit ihr im Gräber-Carree bis in die 7. Etage mitgefahren wäre, und die Beschreibung auf Sie zutraf, wurde er hellhörig. Er hat Sie beobachtet, die richtigen Schlüsse gezogen und geglaubt, die Chance für den perfekten Mord zu haben. Ein Teil des Planes war natürlich, Eckes nach dem Schäferstündchen aus dem Weg zu räumen.«

Minnert schwieg und Bendow nahm an, dass der Bericht beendet war.

»Ach ja,« begann Minnert noch einmal, »zwei Dinge noch. Eckes wollte zunächst die Perücke nicht aufsetzen und tat es erst, als die Grojan ihm sagte, bei glatzköpfigen Männern ginge bei ihr gar nichts. Und Lauterbach hatte in der Tat eine verengte Vorhaut, die gleich nach der Geburt operativ entfernt wurde.«

»Tja, manchmal braucht man von der Wahrheit nur einen Zipfel, und der Fall löst sich fast von allein.«

Fuchs bau!

1

Ein Schatten war das erste, was Bendow wahrnahm, obwohl er in diesem Moment gar nicht die Tür seines Büros im Blick hatte, sondern zum Fenster hinaus auf die Industriebrache der früheren Kuni-Werke schaute. Ihm war es recht, dass alle Projekte, die für diese Freifläche geplant waren, in nächster Zeit nicht realisiert werden würden, denn dadurch blieb seine Miete niedrig. Er drehte sich mitsamt dem wuchtigen, mit schwarzem Leder bezogenen Schreibtischsessel um, als es klopfte.

»Es ist offen!« rief er.

Die Tür zu Bendows Büro, die in ihrer oberen Hälfte eine Milchglasscheibe hatte, öffnete sich und aus dem Schatten, den Bendow durch die Scheibe, gespiegelt im Fenster, wahrgenommen hatte, wurde ein leicht gebeugt gehender, hagerer Mann von etwa eins fünfundachtzig, Mitte fünfzig, dunkelhaarig mit einem Mittelscheitel wie Theo Lingen, aber ohne dessen verschmitztes Gesicht. Er trug einen einreihigen, graublauen Anzug mit Weste, einem weißen Hemd und einer dezenten Krawatte.

»Guten Tag. Sie Sind Herr Bendow?« sagte der Besucher und fuhr fort, ohne eine Antwort abzuwarten: »Sie sind Privatdetektiv? Sie sollen der beste sein. Haben Sie Zeit?«

»Ja. Ja. Kein Kommentar. Ja.«

»Bitte?« fragte der Besucher irritiert.

»Ich habe nur Ihre Fragen in der gestellten Reihenfolge beantwortet. Aber bitte nehmen Sie doch Platz.«

»Ach so«, sagte der Besucher, schloss die Tür hinter sich und setzte sich. Über ihm drehte sich in gemessener Geschwindigkeit der große Ventilator.

»Mein Name ist Schmidt-Eberbach«, sagte der Besucher und fischte mit Zeigefinger und Mittelfinger eine Visitenkarte aus der Westentasche, »Rechtsanwalt Schmidt-Eberbach.«

Bendow warf einen Blick auf die Karte, stellte fest, dass der Anwalt mit Vornamen Karl Gustav hieß, schaute ihn an und sagte:

»Was kann ich für Sie tun?«

»Ich vertrete einen Mann, der wegen Mordes in Untersuchungshaft sitzt, den Mord aber bestreitet. Die Indizien sprechen gegen ihn, aber ich bin davon überzeugt, dass er die Tat nicht begangen hat. Leider habe ich nichts in der Hand, um die Anklage zu entkräften. Ich möchte Sie daher beauftragen, entlastendes Material zu beschaffen.«

»Dazu muss ich erst einmal ein paar Einzelheiten wissen.«

»Natürlich, natürlich. Wollen Sie Fragen stellen oder soll ich Ihnen das erzählen, was ich weiß, also was mir der eine Auftraggeber ... ?«

»Haben Sie mehrere?«

»Genau genommen zwei.«

»Und das geht? Ich dachte immer, bei Mord kann ein Anwalt nur einen Angeklagten vertreten.«

»Das ist richtig. Der andere ist auch nicht angeklagt, hat aber das gleiche Interesse an der Aufklärung des Falles, wie der Angeklagte. Wo war ich stehen geblieben?«

»Ob ich Fragen stellen oder ob Sie erzählen sollen. Ich bin fürs Erzählen. Im Anschluss daran kann ich ja immer noch Fragen stellen.«

»Gut. Ich berichte Ihnen, was mir der angeklagte Mandant erzählt hat und was ich aus den Ermittlungsakten weiß.«

Bendow nahm ein Lineal in die rechte Hand, lehnte sich in seinem Ledersessel zurück und schlug in einem regelmäßigen Rhythmus das Linealende in die Handfläche seiner linken Hand. Schmidt-Eberbach sah ihn erstaunt und mit einem Anflug von Missbilligung an.

»Wollen Sie sich keine Notizen machen?«

»Später. Außerdem werden Sie mir doch sicher eine Kopie der Ermittlungsakten überlassen.«

»Natürlich, natürlich. Übrigens, bevor ich beginne: Mit welchen Kosten muss ich rechnen?«

»Einhundertfünfzig Euro pro Tag plus Spesen. Fünfhundert Vorschuss.«

»In Ordnung. Spesen aber nur gegen Belege.«

»Das wird die Erfolgsaussichten schmälern.«

»Wieso?«

»Manchmal muss man ein Scheinchen über den Tresen schieben, um an eine Information zu kommen.«

»Na gut, aber übertreiben Sie es nicht.«

»Vertrauenssache. Aber fangen Sie an; der heutige Tag zählt mit.«

2

Der Pokertisch war mit grünem Filz bezogen. Eine tief über der Mitte des Tisches hängende Lampe mit zwei starken Leuchtstoffröhren spendete Licht, aber die Gesichter der Spieler blieben im Schatten. Zu ihnen zählte Olaf Fuchs, Sohn eines reichen Unternehmers. Olaf hielt ein gutes Blatt in der Hand. Ihm gegenüber saß Dieter Jäger, genannt »Johnny«, der Betreiber des illegalen Spielclubs. Die anderen beiden Spieler waren bereits ausgestiegen. Die eingesetzten Geldscheine in der Mitte des Tisches ergaben einen stattlichen Betrag, aber vor Olaf lag noch wesentlich mehr. Er fächerte seine Karten ein wenig auf und war sich sicher, dass seine Glückssträhne noch nicht zu Ende war. Er blickte Johnny fest in die Augen und sagte:

»Ich will sehen!«

Johnny legte mit aufreizender Langsamkeit sein Blatt Karte für Karte sichtbar auf den Tisch. Als er die letzte Karte noch in der Hand hielt, sie aber schon gesenkt hatte, sah Olaf, dass Johnny das bessere Blatt hatte. Er warf seine Karten mit der Rückseite nach oben auf die abgeworfenen Karten, knurrte verärgert, holte sein Taschentuch hervor und wischte sich den Schweiß von der Stirne. Ich sollte aufhören, dachte er, aber er spielte weiter, und die Geldscheine wanderten einer nach dem anderen zu den anderen Spielern hinüber, meistens zu Johnny. Olaf stellte den ersten Schuldschein aus. Weitere folgten. Er saß nur noch auf der Stuhlkante, schwitzte und manchmal zitterten seine Hände. Zwischendurch schien seine Glückssträhne zurück zu kommen, und er konnte einen Schuldschein zurückkaufen, aber als Johnny das Spiel beendete, hatte Olaf mehr verloren als je zuvor.

»Da wirst du wohl wieder bei deinem Vater vorstellig werden müssen«, sagte Johnny kühl zu Olaf, nachdem die anderen Spieler gegangen waren. »Heute in fünf Tagen will ich das Geld sehen.«
»Da wird wohl nichts draus!« sagte Olaf mit resignierendem Tonfall. »Mein Vater hat mir unmissverständlich klar gemacht, dass er keine Spielschulden mehr übernimmt.«
»Aber du hast drei hübsche Schuldscheine ausgestellt«, erwiderte Johnny kalt.
»Du hast sie mir aufgedrängt«, sagte Olaf heftig.
»Und du hast sie unterschrieben. Du hättest es lassen können!« Johnny blieb aufreizend ruhig.
»Du hast kaltblütig meine Schwäche ausgenutzt!« brüllte Olaf.
»Das gilt nicht!«
»Warum spielst du, wenn du dazu zu schwach bist? Also Schluss jetzt! In fünf Tagen will ich das Geld sehen. Es sind zusammen 40 000 Euro. Zweimal zehn Mille, einmal zwanzig.« Johnnys Lippen und Augen waren ganz schmal geworden.

»Ich werde es nicht bekommen«, sagte Olaf fatalistisch.

»Versuch es immerhin, es ist zu deinem Besten. Sonst werde ich mit deinem alten Herrn reden müssen«, sagte Johnny.

»Bitte, wenn du meinst. Ich habe in meiner Familie sowieso verschissen.«

»Was heißt hier Familie? Ich denke, es gibt nur dich und deinen alten Herren und irgendwann nur noch dich.«

»Du vergisst meine Stiefmutter.«

»Das heißt, du erbst auch nichts, wenn es so weit ist?«

»Ich erbe schon. Das hat meine Mutter noch festgelegt. Aber wann? Vater ist noch richtig fit.« Olaf grinste Johnny provozierend an.

»Manchmal könnte ich dir deine arrogante Fresse polieren!« zischte Johnny.

3

Die Lohmann GmbH bestand aus zwei Werkshallen und einem dreistöckigen Bürogebäude und beschäftigte rund 100 Leute. Sie stellte Kunststoffteile im Spritzgussverfahren her und hatte einen eigenen Formenbau. Im obersten Stockwerk des Bürogebäudes hatte Karl Anton Fuchs, der Schwiegersohn des Firmengründers, sein Büro mit Blick in den benachbarten Park. Er hatte nach dem frühen Tod des Schwiegervaters die Firma zu dem gemacht, was sie heute war: Ein kleines, aber feines Unternehmen, das Spezialartikel höchster Qualität produzierte. Fuchs war zufrieden, aber glücklich war er nicht. Sein Sohn Olaf machte ihm Kummer. Für die Führung der Firma später kam er nicht in Frage, und die Dynastie Lohmann-Fuchs wollte er wohl auch nicht fortsetzen. Mit fast vierzig war er immer noch unverheiratet und kinderlos.

Karl Anton Fuchs hatte fünf Jahre nach dem Tod seiner Frau noch einmal sein Glück in einer Ehe gesucht, aber der erhoffte Nachwuchs war ausgeblieben und die Beziehung zu seiner jungen Frau hatte sich abgekühlt. Vielleicht ging er deswegen mit seinen 74 Jahren noch täglich in die Firma.

Heute hatte er Besuch. In seinem Büro saß ihm Dieter »Johnny« Jäger gegenüber.

»Es geht um Ihren Sohn«, sagte »Johnny«.

»So, um meinen Sohn«, sagte Fuchs obenhin und gelangweilt.

»Interessiert es Sie gar nicht, wenn es sich um Ihren Sohn handelt?«

»Nicht sonderlich.«

»Was wissen Sie denn überhaupt von ihm?«

»Die Frage steht Ihnen nicht zu und eine Antwort erst recht nicht, aber ich will es Ihnen trotzdem sagen: Olaf ist 39, wohnt in meinem Hause, arbeitet in meiner Firma. Er ist ledig und hat nach seinem Bekunden eine Freundin, die aber verheiratet ist und sich nicht scheiden lassen will. Er spielt und zwar in Ihrem illegalen Spielclub, Herr Jäger.«

»Ihr Sohn hat Schulden gemacht.«

»Warum erzählen Sie mir das? Ich weiß, dass er seit Jahren nichts anderes macht.«

»Spielschulden.«

»Worin liegt der Unterschied zu anderen Schulden?«

»Spielschulden sind Ehrenschulden.«

»Unsinn.«

»Bisher haben Sie seine Schulden bezahlt.«

»Das ist vorbei. Hat er Ihnen nicht gesagt, dass ich für seine Schulden nicht mehr aufkomme?«

»Na ja ... Er hat so etwas angedeutet, aber ich bin davon ausgegangen, dass es so bleibt wie bisher.«

»Das war ein Irrtum.«

»Das heißt, sie wollen nicht bezahlen?«

»Das heißt es.«

»Haben Sie sich das gut überlegt?«

»Ja.«

»Ihrem Sohn könnte etwas passieren, wenn die Schulden nicht bezahlt werden.«

»Das glaube ich nicht. Ich hätte Sie in der Hand.«

»Bestenfalls stünde Aussage gegen Aussage.«

Fuchs lächelte ganz leicht: »Sind Sie sich dessen sicher?«

Jäger wurde nervös: »Sie haben nichts gegen mich in der Hand. Oder haben Sie etwa ...?«

»Genau das.«

Jäger wurde laut: »Geben Sie das Band heraus!«

Fuchs' Lächeln wurde eine Spur breiter.

»Geben Sie es her oder... !« brüllte Jäger.

»Soll ich ein paar Mann aus dem Betrieb kommen lassen? Die mögen es gar nicht, wenn jemand mit ihrem Chef brüllt.«

Jäger glotzte Fuchs an.

»Ich denke, Sie gehen jetzt besser.«

»Noch nicht,« sagte Jäger mit gepresster, aber wieder beherrschter Stimme. »Sie werden das noch bereuen. Sie sind nicht so clever, wie Sie sich geben. Sie sind ein eitler alter Narr, der glaubt, er habe keine Schwächen, aber ich werde Ihnen beweisen, dass Sie schwach sind, dass Sie vor Schwäche winseln werden. Ich werde ...«

»Ich habe eine Schwäche«, sagte Fuchs, und wieder spielte das leise Lächeln um seine Lippen.

Jäger hielt in seiner Hasstirade inne und schaute den alten Mann ungläubig an.

»Sie haben eine Schwäche, und Sie geben das zu? Was ist das wieder für ein Trick?«

»Ich sammle Imperative und ...«

»Imperative. Das sieht Ihnen ähnlich!«

» ... und wenn Sie mir meine Sammlung in den nächsten 30 Sekunden um einen bereichern, bezahle ich einen Teil der Schulden, sagen wir ein Viertel.«

»Kein Problem: Steh auf! Küss mir die Stiefel. Bezahl Olafs Schulden! Wie viele wollen Sie noch?«

»Falsch. Die Imperative, die ich sammele, sind eigentlich gar keine Imperative, sondern ganz normale Wörter, die man allerdings auch als Imperativ sehen kann.«

»Hähh?«

»Zum Beispiel Braunschweig. Als Imperativ: Braun schweig! Wäre auch politisch korrekt, wie man heute gerne sagt. Also ab jetzt 30 Sekunden.« Fuchs sah auf seine Armbanduhr.

Jäger dachte nach, wälzte andere Städtenamen wie Stutt gart! Darm stadt! Frank furt! Frank furz! Das ginge, aber die Stadt gab es nicht. Es fiel ihm nichts ein.

»Die 30 Sekunden sind um. Pech gehabt. Denken Sie mal an Lieb Frauenmilch, ein recht pikanter Imperativ. Oder Lady Di, etwas makaber, aber zutreffend. Oder auf mich bezogen, Fuchs bau! Jetzt muss ich Sie bitten zu gehen. Ich habe noch andere Dinge zu erledigen. Auf Wiedersehen.«

Fuchs richtete seine Augen auf die Papiere, die vor ihm auf dem Schreibtisch lagen und hatte für den Besucher keinen Blick mehr übrig. Jäger blieb noch einen Moment mit offenem Mund sitzen. Dann stand er wortlos auf und verließ mit Wut im Bauch das Büro.

Auf dem großen Platz vor dem Werk war eine Wasserpfütze vom letzten Regen.

»Pariser platz! Wasser lache!« zischte Jäger, als er die Pfütze sah, »das wären schöne Imperative gewesen. Aber keine Angst, Alter! Ich zahl dir das noch heim!«

Er holte sein Mobiltelefon aus der Tasche und tippte eine Nummer ein.

Es klingelte bei Olaf. Der holte sein Telefon aus der Jackentasche und hielt es ans Ohr.

»Ja bitte?«

»Hallo, Olaf!« Es war Johnny Jägers verärgerte Stimme.

»Was gibt's?«

»Es ist der Dritte. Du hast doch dein Gehalt gekriegt.«

»Und?«

»Wie wäre es mit Schulden bezahlen?«

»Vergiss es. Dafür reicht das Geld nicht.«

»Oder mit einem kleinen Spielchen heute Abend mit niedrigen Einsätzen. Fränki, Manni und Burschi sind auch dabei.«

»Ich habe eine Verabredung.«

»Mit deiner Freundin?«

»Wenn du es genau wissen willst: Ja.«

»Na dann,« sagte Johnny mit beißender Ironie, »hoffentlich hast du da mehr Glück! Sagt man doch, Pech im ....«

4

Der Schuss fiel kurz nach Mitternacht. Die Haushälterin fuhr im Bett hoch und schrie vor Schreck. Sie überlegte einen Moment, ob sie geträumt hätte. Nein, sie erinnerte sich an keinen Traum. Sie fasste sich nach reichlichem Zögern ein Herz, zog ihren Morgenmantel an, schlüpfte in ihre Puschen und ging vorsichtig hinunter. Ihr Zimmer lag genau über dem Schlafzimmer von Karl Anton Fuchs, und dort fand sie den alten Herrn erschossen in seinem Bett. Sein Kopf war zur Seite gefallen, man sah das Einschussloch in der Schläfe. Alles war voller Blut. Da schrie sie noch schriller. Eine knappe Minute später erschien Julika Fuchs, die junge Ehefrau des alten Herrn. Zuerst fragte sie verschlafen, was los sei, aber im nächsten Augenblick, als sie die Leiche sah, schrie auch sie mit entsetzt aufgerissenen Augen. Dann eilte sie zum Telefon und rief die Polizei an.

Es dauerte nicht lange, dann liefen weiß gekleidete Männer im Haus hin und her, untersuchten den Toten, untersuchten die

Zimmer, untersuchten die aufgebrochene Terrassentür, untersuchten den Garten und machten sich jedes Mal Notizen. In der Bibliothek saßen die beiden Frauen in ihren Morgenmänteln. Sie froren, nachdem der erste Schock vorbei war. Ein Polizist bat Julika Fuchs, die sich inzwischen etwas beruhigt hatte, zu Kriminalkommissar Max Minnert.

Minnerts rote Haare leuchteten im Licht einer Deckenlampe. Er saß am Tisch des Speisezimmers. Neben ihm stand sein Assistent Rauskolb, der zum blonden Bürstenhaarschnitt sein Pitbullgesicht aufgesetzt hatte. Beide blickten erwartungsvoll auf die junge Frau.

Max Minnert stand auf, gab ihr die Hand und sagte:
»Mein herzliches Beileid, Frau Fuchs. Mein Name ist Minnert, Kriminalkommissar Max Minnert. Das ist mein Assistent Rudolf Rauskolb. Ich weiß, es ist unmenschlich, aber dürfen wir Ihnen dennoch ein paar Fragen stellen? Sie müssen wissen, dass oftmals die ersten Minuten einer Ermittlung die wichtigsten sind; und ich glaube, dass eine schnelle Aufklärung auch in Ihrem Interesse liegt.«
Julika Fuchs nickte.
»Was haben Sie mitbekommen?«
»Ich schlief schon fest, als ich von einem Schrei wach wurde. Ich wusste nicht recht, ob ich den Schrei wirklich gehört oder nur geträumt hatte. Ich wartete eine Weile und dachte gerade, dass ich mich wohl getäuscht hatte, als ich einen weiteren Schrei hörte, der aus dem Haupttrakt zu kommen schien. Ich habe mir meinen Morgenmantel übergeworfen und bin hinübergeeilt. Ich traf Frau Hegenbarth im Schlafzimmer meines Mannes und fragte wohl noch: »Was ist los?« Dann sah ich meinen Mann, dann sah ich die entsetzliche Schusswunde, und dann ... Ich weiß nicht mehr genau, was ich dann getan habe. Irgendwann habe ich die Polizei angerufen.«

»Wie viel später war das?«

»Vielleicht eine, vielleicht zwei oder drei Minuten später. Ich weiß es nicht.«

»Wo waren Sie, als Sie den ersten Schrei hörten?«

»In meinem Schlafzimmer.«

»Sie haben kein gemeinsames Schlafzimmer?«

»Doch. Das Zimmer, in dem ...« Sie brach ab und fing an zu weinen. Nach einer kleinen Weile versiegten die Tränen, sie wischte sie mit einem Taschentuch ab, schneuzte sich und sagte mit belegter Stimme:

»Aber meistens schlafe ich in meinem Zimmer. Seit einiger Zeit eigentlich immer.«

»Wie lange schon?«

»Seit zwei, zweieinhalb Jahren.«

»Ist Ihnen sonst irgend etwas aufgefallen?«

»Nein.«

»Haben Sie eine Ahnung, wer Ihren Mann erschossen haben könnte?«

»Nein.«

»Danke fürs Erste. Ich sage Ihnen Bescheid, wenn wir fertig sind.«

»Rudolf,« sagte der Kommissar zu seinem Mitarbeiter, »hol mir die Haushälterin, die Frau Hegenbarth.«

Wenig später kam Rauskolb mit ihr herein. Minnert sagte:

»Frau Hegenbarth, ich bin Kriminalkommissar Minnert. Bitte setzen Sie sich. Ich muss Ihnen ein paar Fragen stellen, auch wenn das jetzt für Sie ganz schrecklich ist.«

Frau Hegenbarth sagte mit ganz leiser Stimme:

»Ich weiß, aber was sein muss, muss sein.«

»So ist es. Was haben Sie wahrgenommen?«

Frau Hegenbarth berichtete von dem Schuss und wie sie hinunterging und die Leiche fand.

»Ist Ihnen sonst noch etwas aufgefallen?«

»Nein.«

»Wohnt eigentlich außer den Eheleuten Fuchs und Ihnen noch jemand in dem Haus?«

»Nur Olaf, der Sohn aus erster Ehe.«

»Olaf Fuchs?«

»Ja.«

»Wir haben sein Zimmer untersucht,« mischte sich der Assistent ein, »es ist unbenutzt.«

»Haben Sie ihn heute Abend gesehen?«

»Nein, ich habe ihn seit dem Mittagessen nicht mehr gesehen.«

»Wer war beim Mittagessen alles dabei?«

»Nur Herr und Frau Fuchs. Und Olaf.«

»Wie alt ist denn Olaf Fuchs?«

»Neununddreißig.«

»Danke. Sie können dann gehen.«

»Rudi,« sagte Minnert, »schau doch mal, wie weit die Kollegen sind.«

Rudolf Rauskolb verließ den Raum und war schon kurz darauf zurück.

»Die Leiche ist eingesargt und wird gleich abtransportiert. Die Spurensicherung ist fertig und verlässt gerade das Haus. Die Tatwaffe haben sie nicht gefunden. Ich schlage vor, wir lassen eine Wache vorm Haus, um die Schaulustigen zu zerstreuen und vom Haus fernzuhalten.«

»In Ordnung. Außerdem soll sie irgendwelche Pressefritzen davon abhalten, die Witwe zu stören. Also bitte auch eine Wache im Garten. Und sollte der Sohn auftauchen, sofort ins Präsidium bringen und mich zu Hause anrufen.«

»Ich sag Bescheid.«

5

Max Minnert hatte gerade mal zwei Stunden geschlafen, als das Telefon läutete und ein Beamter ihm mitteilte, dass Olaf Fuchs im Präsidium sei. Minnert zog sich wieder an und fuhr ins Büro.

»Sie sind Olaf Fuchs?«
»Ja. Darf ich erfahren, warum …«
»Ich bin Kriminalkommissar Max Minnert. Gehen wir in mein Zimmer, da können wir uns ungestört unterhalten.«
Olaf Fuchs schwieg, ging aber hinter Minnert her zu dessen Büro im ersten Stock.

»Herr Fuchs, wir sind heute Nacht zu Ihrem Elternhaus gerufen worden, weil Frau Hegenbarth einen Schuss gehört und dann, als sie nachsehen wollte, was los sei, Ihren Vater erschossen aufgefunden hat.«

Minnert machte eine Pause und schaute Fuchs aufmerksam an. Der ließ sich aber nicht anmerken, was in ihm vorging.
»Mein Vater? Erschossen?«
»So ist es. Darf ich Ihnen mein Beileid aussprechen.« Er reichte Fuchs die Hand.
»Danke. Von wem erschossen? Was haben Sie herausgefunden?«
»Bis jetzt noch nicht viel. Aber setzen wir uns doch.« Er wies auf einen der Besucherstühle, auf den sich Olaf Fuchs fallen ließ, ging selbst um den Schreibtisch herum und nahm in seinem Schreibtischsessel Platz.

»Was haben Sie am gestrigen Abend gemacht?«

»Ich war bis um sechs im Büro.«

»Wo sind Sie beschäftigt?«

»In unserer Firma natürlich.«

»Welche Position haben Sie?«

»Ich bin stellvertretender Geschäftsführer.«

»Aha. Haben Sie gestern noch mit Ihrem Vater gesprochen?«

»In der Firma nicht, nur beim Mittagessen.«

»Was war nach sechs?«

»Ich war in der Stadt in verschiedenen Herrenoberbekleidungsgeschäften, habe aber nichts gefunden, was mir gefallen hätte. Ich bin dann in die Krone gegangen und habe dort zu Abend gegessen.«

»Essen Sie nicht zu Hause?«

»Meistens schon, aber nicht immer.«

»Und dann?«

»Ist das eigentlich ein Verhör?«

»Nein. Ich sammele nur Informationen, um mir ein Bild zu machen. Also, was haben Sie nach dem Essen gemacht?«

»Ich bin ein wenig herumgebummelt. Dann habe ich noch ein paar Bars besucht und ein paar Drinks genommen.«

»Machen Sie das öfters?«

»Ist das verboten?«

»Natürlich nicht, aber ich finde es erstaunlich. - Schauen Sie, Sie treiben sich mitten in der Woche bis in die frühen Morgenstunden in Bars herum, obwohl Sie als stellvertretender Geschäftsführer eines mittelständischen Unternehmens sicher viel Arbeit haben. Ich halte das nicht für normal.«

»Dann kann ich es Ihnen ja gleich sagen, weil Sie es in der Firma sowieso erfahren werden. Ich habe nur einen Proformajob, praktisch keine Verantwortung. Ich habe ein Büro und einen Schreibtisch, aber keine wirkliche Arbeit. Ich kann kommen und gehen, wann ich will. Mein Vater traut mir nichts zu und hat mich kalt gestellt. Der Firma geht es gut; sie kann sich das leisten.«

»Ändert sich das jetzt, wo er tot ist?«

»Nein. Der kaufmännische Leiter und die Leiter von Entwicklung und Produktion werden die Firma weiterführen. Ich bleibe außen vor. Das ist seit langem so geregelt.«

»Sie sind also vom Erbe ausgeschlossen.«

»Das wieder nicht, denn die Firma gehörte nach dem Tod des Großvaters zum großen Teil meiner Mutter. Es ist ziemlich kompliziert; Sie müssten den Gesellschaftervertrag studieren.«

»Das heißt, Sie sind also doch der Erbe.«

»Zusammen mit meiner Stiefmutter, was das Privatvermögen betrifft. Das Firmenvermögen ist für mich tabu. Ich bekomme nur mein Gehalt.«

»Immerhin.«

»Immerhin«, wiederholte Olaf Fuchs leicht ironisch.

»Der Tod Ihres Vaters scheint Ihnen ja nicht sehr nahe zu gehen.«

»Erstens können Sie das nicht beurteilen und zweitens: Wundert Sie das?«

»Haben Sie eine Ahnung, wer ihn umgebracht haben könnte?«

»Er hat ein paar Leute aus der Firma geworfen, weil sie ihm nicht passten. Die waren ziemlich sauer auf ihn. Aber ob einer von denen ihn deswegen gleich umbringen würde? Ich weiß nicht.«

6

Max Minnert, Rudolf Rauskolb und zwei weitere Beamte durchsuchten das Büro von Karl Anton Fuchs nach möglichen Hinweisen auf einen Mörder. Minnert hatte die leitenden Angestellten der Firma über den gewaltsamen Tod des Chefs informiert und ihre Alibis abgeklopft. Ein Verdacht war dabei nicht herausgekommen. Übers Handy hatte er erfahren, dass die Angaben des Sohnes sowohl von der Kellnerin der Krone, als auch von einigen Personen aus den Bars, die Olaf Fuchs angegeben hatte, bestätigt wurden.

Die Zeiten waren aber so ungenau, dass das Herumbummeln genauso gut zwei wie vier Stunden gedauert haben konnte.

»Was war der Herr Fuchs für ein Mensch?« fragte Minnert einen mittelgroßen, ausgesucht dezent gekleideten Mann, der sich als Harald Teske, kaufmännischer Leiter der Firma vorgestellt hatte.

»Ich kann nur etwas über den Umgang in der Firma berichten. Privaten Kontakt hatte ich nicht und ich glaube, meine Kollegen auch nicht. Er nahm nie ein Blatt vor den Mund, wenn etwas schief gegangen war, aber er machte niemanden fertig und war nicht nachtragend. Wenn allerdings ein Mitarbeiter die Befähigung für seine Aufgabe nicht nachweisen konnte, trennte sich Herr Fuchs von ihm, so schnell es ging.«

»Das klingt zwar harmlos, muss es aber nicht sein. Gab es Streit?«

»In zwei Fällen war es ziemlich heftig. Aber der Rausschmiss war in beiden Fällen notwendig. Es ging um verantwortungsvolle Stellen. Die beiden haben natürlich nicht eingesehen, dass sie ihrer Aufgabe nicht gewachsen waren. Der Chef hat ihnen eine Rückstufung angeboten, aber sie haben abgelehnt. Da hat er sie rausgesetzt.«

»Verständlich. Die Namen bitte.«

»Hartmuth Linke und Lukas Krasek.«

»Wie lange liegen die Fälle zurück?«

»Schon eine ganze Weile.«

Minnert sah ihn aufmerksam an und sagte schließlich:

»Wer hat das Sagen in der Firma?«

»Herr Fuchs hat uns, das heißt mir und den Chefs von Entwicklung und Produktion in den letzten Jahren mehr und mehr freie Hand gelassen, aber ...«

»Entschuldigen Sie, dass ich unterbreche, aber bevor ich es vergesse: Wie lange sind Sie schon in der Firma?«

»Achtzehn Jahre.«

»Und die beiden anderen Chefs?«

»Weiß ich nicht genau. Dieter Lange, der Produktionschef war schon vor mir da, Heiner Bergsträßer, der Chef der Entwicklung kam später, ist aber auch schon mindestens zwölf, fünfzehn Jahre dabei.«

»Danke. Er hat Ihnen also mehr und mehr freie Hand gelassen, aber ..., sagten Sie.«

»Ähh ... Ach ja! Aber er hat die wichtigen Entscheidung immer noch selbst getroffen. Und er war immer gut vorbereitet und hatte unglaublich viele Details im Kopf. Wir haben uns oft gewundert.«

»Hatte er Feinde? Innerhalb oder außerhalb der Firma. Mal abgesehen vielleicht von denen, die rausgeflogen sind.«

Teske überlegte eine Weile, schließlich sagte er: »Ich wüsste niemanden.«

»Welche Rolle spielt denn Olaf Fuchs in der Firma?«

»Frühstücksdirektor.«

»Danke, das war es dann vorerst.«

Die Vernehmungen der anderen beiden leitenden Angestellten ergaben das gleiche Bild.

»Rudi«, sagte Minnert schließlich zu seinem Mitarbeiter, »wir brauchen von den beiden, die rausgeflogen sind, die Personalakten und dann schauen wir uns die beiden Gesellen mal an.«

»Ist notiert, Max.«

Ein Mitarbeiter der Spurensicherung, der sich im Raum zu schaffen machte, dreht sich zu Minnert und sagte: »Schauen Sie mal, Herr Kommissar, was wir im Schreibtisch gefunden haben.«

Minnert musste sich an der Rückseite des Schreibtischs bücken, um ein kleines Aufzeichnungsgerät in einem Fach, das die Beamten durch Zufall geöffnet hatten, betrachten zu können.

Minnert schmunzelte: »Deshalb war er auf seinen Sitzungen so gut vorbereitet. Er hat alle Gespräche aufgezeichnet und sich später noch mal angehört.«

»Das Mikro und ein Schalter für das Gerät sind unauffällig am Fuß seiner Schreibtischlampe angebracht.«

»Kannst du mal ablaufen lassen, was er zuletzt aufgenommen hat?« sagte Minnert zu Rauskolb und wandte sich dann an einen anderen Beamten: »Sie sorgen bitte dafür, dass wir jetzt nicht gestört werden.«

Der Beamte verließ das Büro. Rauskolb hantierte an dem Aufzeichnungsgerät.

»Spielschulden sind Ehrenschulden,« sagte eine Stimme; »Unsinn,« sagte eine andere.

»Das ist ja interessant«, sagte Minnert. »Versuch mal, den Anfang zu finden.«

Rauskolb ließ das Band zum Anfang zurücklaufen. Dann hörten sie sich das Gespräch zwischen Karl Anton Fuchs und Dieter »Johnny« Jäger an.

Minnert nickte befriedigt mit dem Kopf.

»Da werden wir uns den Jäger mal vorknöpfen. Vielleicht ist ihm ja inzwischen ein Imperativ eingefallen. Ich nehme an, es handelt sich um Johnny Jäger, den Besitzer vom »Unicorn«. Der steht doch seit Jahren im Verdacht, illegale Glücksspiele zu betreiben, nur konnte ihm bisher nichts nachgewiesen werden.«

»Und mit Olaf Fuchs müssen wir auch noch mal reden,« sagte Rauskolb.

»Richtig.«

Minnerts Mobiltelefon klingelte. Er nahm das Gespräch an, hörte ruhig zu und sagte schließlich: »Danke. Höchst interessant. Gut, dass Sie mich gleich informiert haben.«

»Was ist los?« fragte Rauskolb.

»Das war die Zentrale. Eine Zeugin hat sich gemeldet. Sie hat Olaf Fuchs um die Tatzeit herum in der Nähe seines Elternhauses gesehen. Einen Augenblick später hörte sie dann, wie ein Wagen angelassen wurde und wegfuhr.«

Rauskolb pfiff durch die Zähne.

7

Rechtsanwalt Schmidt-Eberbach hatte seine Erzählung unterbrochen und trank einen Schluck von dem Wasser, das ihm Bendow angeboten hatte.

»Der Rest ist schnell erzählt: Olaf Fuchs musste aufgrund der Zeugenaussage zugeben, dass der Bummel im Wesentlichen erfunden sei, er am Abend eine Weile zu Hause gewesen sei und ungefähr um Mitternacht das Haus verlassen habe. Er sei zum Taxistand gegangen und mit einem Taxi ins Zentrum gefahren. Wann er zuvor nach Hause gekommen sei, könne er nicht genau sagen, vielleicht halb elf. Von dem Mord habe er nichts mitbekommen, er müsse zu dem Zeitpunkt schon weg gewesen sein. Die Polizei glaubte ihm nicht und hat ihn festgenommen. Sie geht davon aus, dass er alles genau geplant hatte. Er hatte die Gelegenheit und er hatte ein Motiv: Geld. Natürlich musste er noch einmal weggehen, um die Waffe verschwinden zu lassen. Schmauchspuren hat man an seiner Hand nicht gefunden, aber das beweist nichts. Er kann Handschuhe getragen haben, die er dann ebenfalls vernichtet hat. Schließlich glaubt die Polizei beweisen zu können, dass ein Einbrecher die Terrassentür nicht so aufgebrochen hätte, wie sie vorgefunden wurde, sondern dass dies nur ein Ablenkungsmanöver sei.«

»Und Johnny Jäger, Ihr anderer Auftraggeber?«

»Der kommt natürlich nicht an sein Geld, wenn Olaf wegen Mordes verurteilt wird. Denn dann wird der Sohn vom Erbe ausgeschlossen. Jäger will, dass Olaf entlastet und der wahre Mörder ermittelt wird, wie er sich ausdrückte.«

»Sie glauben also, dass Olaf seinen Vater nicht ermordet hat?«

»Ja, mein Gefühl sagt mir das, aber ich habe keine Belege dafür. Deswegen bin ich doch bei Ihnen.«

Bendow dachte einen Moment nach und sagte dann:

»Was hat denn die Kripo aus dem Jäger herausbekommen?«

»Er hat ausgesagt, dass er den ganzen Abend in seinem Lokal war, mal hier, mal da. Die Aussage wurde von mehreren Leuten bestätigt. Er musste zugeben, dass er illegale Glücksspiele betreibt, wurde kurzfristig festgenommen und nach Zahlung einer Kaution wieder auf freien Fuß gesetzt. Er ist finanziell im Moment etwas klamm. Deswegen war er so erpicht, von Olaf die Vierzigtausend zu bekommen. In der Zwischenzeit wurden sein Lokal und seine Wohnung durchsucht, aber es wurde nichts Verdächtiges gefunden.«

»Können Sie mir eine Besuchserlaubnis für Olaf Fuchs besorgen?«

»Das müsste klappen. Ich werde sie bei der Gefängnisverwaltung hinterlegen lassen. Was ist denn Ihr erster Eindruck?«

»Sieht nicht gut aus für Ihren Mandanten.«

8

Bendow musste sich bei dem Wachhabenden ausweisen, wurde auf Waffen abgetastet und durfte dann mit einem Vollzugsbeamten zum Sprechzimmer gehen. Der Beamte ließ in dort allein und kam ein paar Minuten später mit Olaf Fuchs zurück.

»Fünfzehn Minuten, nicht länger!« sagte der Beamte und schloss hinter sich ab.

»Herr Fuchs, ich bin Greg A. Bendow, Privatdetektiv«, begann Bendow, »und von Ihrem Anwalt, Herrn Schmidt-Eberbach engagiert worden, um Ihnen zu helfen. In dem Zusammenhang habe ich einige Fragen.«

»Fragen Sie«, sagte Fuchs apathisch. »Wenn ich kann, werde ich Ihre Fragen beantworten. Ich habe schon so viele Fragen beantwortet.«

»An dem fraglichen Abend sind Sie etwa um halb elf nach Hause gekommen und haben das Haus ungefähr um Mitternacht verlassen.«

»Das habe ich doch schon x-mal erzählt.«

»Warum sind Sie für so eine kurze Zeitspanne noch mal nach Hause gekommen? Das Haus ist doch einiges vom Zentrum entfernt.«

»Ich hatte keine Lust, weiter in der Stadt herumzuschlendern. Außerdem wollte ich mich umziehen.«

»Haben Sie sich umgezogen?«

»Warum fragen Sie? Ich kann mir nicht im geringsten vorstellen, dass meine Antwort auf diese Frage helfen soll.«

»Haben Sie?«

»Ja.«

»Komisch. Ihr Zimmer war unbenutzt; es lagen keine Kleidungsstücke herum.«

»Habe ich mich eben nicht umgezogen!«

»Sagen Sie mal, Herr Fuchs, verstehen Sie eigentlich, in welcher Situation Sie sind und dass ich Ihnen helfen will, da raus zu kommen?«

»Ist mir denn noch zu helfen?«

»So sicher nicht. - Aber was anderes: Bei Johnny Jäger wurde an diesem Abend wieder gespielt. Warum waren Sie nicht dabei?«

»Ich will mit dem Spielen aufhören.«

Bendow schaute Olaf skeptisch an.

»Er sagte, Sie hätten sich für diesen Abend mit Ihrer Freundin verabredet. Warum sind Sie nicht zu ihr gegangen?«

»Aber ich bin doch ... Ich habe das doch nur erzählt, weil ich nicht spielen wollte.«

»Wer ist denn Ihre Freundin?«

Olaf fuhr hoch: »Das geht Sie nichts an! Das geht niemanden etwas an!«

»Es ist doch nichts Ehrenrühriges, eine Freundin zu haben. Bedenken Sie, es geht um Ihren Kopf!«

»Sie ist verheiratet.«

In Bendows Kopf klickte es, und er fragte sehr eindringlich:
»Ist sie das noch? Verheiratet?«
Olaf schaute ihn völlig entgeistert an, dann senkte er den Blick
und sagte so leise, dass Bendow es kaum hören konnte:
»Nein, sie ist es nicht mehr.«
»Es ist Ihre Stiefmutter, nicht wahr?«
Olaf nickte.
»Sie waren am Mordabend bei ihr?«
Olaf nickte.
»Haben Sie außer ihr noch jemanden im Haus gesehen?«
Olaf schüttelte den Kopf.
»Und das hat niemand bemerkt? Sie und Ihre Stiefmutter.«
»Wenn ich abends erst weg war, sind alle früh zu Bett gegangen.
Dann konnten wir ein Weilchen zusammen sein.«
»Warum sind Sie denn an dem Abend noch einmal weggegangen?
Hatten Sie wirklich vor, noch in eine Bar zu gehen?«
»Eigentlich nicht.«
»Und warum doch?«
Olaf schwieg, aber es arbeitete in ihm.

Es klopfte; der Justizbeamte erschien.
»Die Zeit ist um,« sagte er.
»Zwei Minuten bitte noch. Es ist wichtig.«
»Na gut, aber dann ist endgültig Schluss!«

»Wir haben nicht mehr viel Zeit,« sagte Bendow. »Erzählen Sie!«
Olaf zögerte noch einen Moment und sagte dann:
»Julika war schon eingeschlafen. Ich zog mich leise an und ging
auf den Flur, hatte aber die Schuhe in der Hand. Die Tür zu Juli-
kas Zimmer hatte ich schon geschlossen. Da hörte ich verdächtige
Geräusche. Ich blieb stehen und lauschte. Da hörte ich den Schuss,
gleich darauf den Schrei von Frau Hegenbarth. Ich zog meine

Schuhe schnell an und lief zum Zimmer meines Vaters. Die Tür stand offen. Ich ging hinein und fand ihn erschossen. Ich hörte Frau Hegenbarth kommen. In Panik verließ ich das Haus.«
»Durch die Haustür?«
»Nein, da hätte sie mich gesehen. Ich verschwand durch die aufgebrochene Terrassentür und von dort über den kleinen Weg zur Straße.«
»Haben Sie jemanden gesehen?«
»Nein.«
»Wo sind Sie hin?«
»Ich bin mit einem Taxi in die Stadt gefahren.«

Der Justizbeamte kam wieder herein. Bendow stand auf, schaute Olaf nachdenklich an und verließ den Raum, ohne eine weitere Bemerkung zu machen. Auf der Straße rief er den Rechtsanwalt an und berichtete über sein Gespräch mit Olaf. Dann fuhr er zum »Unicorn«.

Er klingelte; nichts rührte sich. Er wollte sich schon abwenden, als ein Mann auf einem Motorrad heranfuhr, anhielt, seinen Helm abnahm und zu ihm sagte:
»Wir haben noch geschlossen.«
»Sind Sie Herr Jäger?«
»Der bin ich.«
»Bendow. Wir haben telefoniert.«

Die beiden Männer schüttelten sich die Hand.
»Sie sind früh dran.«
»Das hat sich so ergeben.«
»Einen Moment. Ich muss nur das Motorrad sichern.«
Während Johnny Jäger abstieg, das Motorrad auf den Ständer stellte, eine schwere, kunststoffummantelte Kette durch das Vorderrad zog und sie abschloss, sagte Bendow:
»Schöne Maschine. Ich hatte mal eine Suzuki Chopper.«

»Das ist eine alte 500er BMW. Die wird gehegt und gepflegt und kommt nur bei schönem Wetter dran. Sonst nehme ich die Honda.«

Johnny zündete sich schon die zweite Zigarette an, als die beiden Männer im Büro zur Sache kamen.
»Sieht schlecht aus für Olaf, nicht wahr? Wird just zu der Zeit beim Verlassen des Hauses gesehen, als sein alter Herr erschossen wird. Ich dachte, er ist bei seiner Freundin. Das hatte er jedenfalls gesagt, als ich ihm ein Spielchen anbot.«

Bendow antwortete nicht gleich, denn er dachte erneut darüber nach, ob Olaf Fuchs' Aussage der Wahrheit entsprach oder nicht. Schließlich sagte er:
»Wenn es für Olaf schlecht aussieht und er für den Mord an seinem Vater verurteilt wird, dann ist das doch auch für Sie ein Verlust.«
»Sie sagen es. Deswegen habe ich ja den Schmidt-Eberstadt engagiert.«
»Schmidt-Eberbach.«
»Von mir aus.«
»Wie hoch wäre denn Ihr Verlust?«
»40 Mille.«
Bendow pfiff leise durch die Zähne und tat so, als wäre die Information neu für ihn.
»Kommen Sie mir jetzt nicht mit der strickenden Oma!«
Bendow lachte: »Nee, keine Angst. Glauben Sie denn, er war es?«
»Nie im Leben! Und Sie?«
»Ich glaube es auch nicht. Aber wer dann?«
»Ich habe läuten hören, dass der alte Fuchs in seiner Firma zwei Mann rausgeschmissen hat, und dabei hat es ziemlich Zoff gegeben. Der eine soll Drohungen ausgestoßen haben und ist jetzt arbeitslos.«

»Ich weiß, der Lukas Krasek; aber der hat ein Alibi genau wie der andere.«

»Was ist schon ein Alibi? Heute kann jeder für ein paar Dollars einen Killer engagieren! Irgendeinen Russen oder Ukrainer!«

»Kennen Sie welche?«

Jäger schaute Bendow misstrauisch an.

»Wie meinen Sie das?«

»Sie hörten sich so an, als kennen Sie sich in dieser Szene aus.«

»Na ja, in meinem Lokal kriegt man so das eine oder andere mit.«

Bendow zögerte wiederum mit seiner Antwort, dachte nach und sagte dann möglichst unbefangen:

»Sie bringen mich auf eine Idee. Was halten Sie von folgender Story: Ich berichte der Polizei, ich hätte auf Grund von Informationen aus der Unterwelt einen Killer ermittelt, der zugegeben hat, den alten Fuchs erschossen zu haben.«

»Und weiter?«

»Gegen einen weiteren Betrag von sagen wir .... Was nimmt so ein Killer?«

»So weit ich mal gehört habe: Von dreitausend Euro an aufwärts.«

»Also sagen wir fünftausend Euro. Dafür wäre er bereit, mir ein Detail zu nennen, das nur er und die Polizei weiß. Als Beweis für seine Tat.«

»Was gleichzeitig beweist, dass es Olaf nicht war.«

»Richtig. Es sei denn, Olaf war der Auftraggeber.«

»Und hält sich zur gleichen Zeit im Haus auf?«

»Genau! So dumm kann einer gar nicht sein. Wir, Sie und ich, machen den Deal. Ich verhandle. Sie zahlen. Der vermeintliche Ukrainer nennt uns das Detail, schwört auf seine Ganovenehre, das er uns nicht linkt und haut mit dem Zaster ab. Seinen Auftraggeber verrät er natürlich nicht.«

»Klingt gut.«

»Es fehlt nur noch etwas.«
»Und was?«
»Na, das Detail.«

Johnny sah Bendow durchdringend an, aber der hielt dem Blick stand. Johnny erhob sich und wanderte umher. Schließlich setzte er sich wieder und sagte zögernd:
»Es wäre einen Versuch wert.«
»Was?«
»Ich kenne einen bei der Polizei, der ist mir noch was schuldig. Der hat immer... Na egal ...«
»Der hat für ein paar Euro immer weggeschaut, wenn bei Ihnen gespielt wurde, oder?«
»Was fragen Sie, wenn Sie es sowieso schon wissen! - Der besorgt mir das Detail, falls es eins gibt.«
»Gut. Sie rufen mich an, wenn Sie was erfahren haben. Wir treffen uns dann. Und vergessen Sie nicht, die fünftausend mitzubringen!«

9

Bendow fuhr zum Anwesen der Familie Fuchs hinaus und ließ sich bei der jungen Witwe anmelden. Frau Hegenbarth sah schlecht aus. Sie hatte den Tod des alten Mannes und die nachfolgenden Aufregungen noch nicht verkraftet.

»Aber nur kurz,«, sagte sie. »Frau Fuchs geht es nicht gut.«
»Natürlich. Ich werde ganz behutsam fragen«, sagte Bendow und dachte an das, was er die Witwe fragen wollte. Das war kaum behutsam zu machen.

Julika Fuchs war nicht geschminkt und trug keinen Schmuck. Die schwarze Hose und der schwarze Pulli hoben die Blässe ihres

Gesichtes noch hervor, aber verheult war sie nicht. Sie saß ebenso wie Bendow auf einem kleinen Biedermeiersessel. Zwischen ihnen stand ein Tischchen, auf dem Frau Hegenbarth den Tee abgestellt hatte. Bendow, der Tee nicht mochte, nippte aus Höflichkeit nur einmal an der Tasse, während Frau Fuchs in kleinen Schlucken nach und nach zwei Tassen trank.

»Glauben Sie, dass Olaf Fuchs seinen Vater erschossen hat?«
»Ich weiß nicht. Ich hätte das nie für möglich gehalten, aber was soll ich denn jetzt noch glauben?«
»Aber das Verhältnis Vater – Sohn war doch denkbar schlecht. Dann weigert sich der Vater, Spielschulden des Sohnes zu bezahlen, was er sonst immer getan hatte.«
Julika Fuchs zuckte mit den Achseln.
»Wie war denn Ihr Verhältnis zu Ihrem Stiefsohn?«
»Ich habe selten mit ihm gesprochen. Wie soll ich da ein Verhältnis zu ihm haben?«
»Hatten Sie ein Verhältnis *mit* ihm?« schoss Bendow seinen Pfeil ab.
Julika Fuchs schaute ihn entgeistert an und sagte dann:
»Werden Sie nicht unverschämt!«
Für Bendow kam die Rüge eine Winzigkeit zu spät, um echt zu sein.
»Was glauben Sie, warum er an diesem Abend noch für anderthalb Stunden zu einer Zeit nach Hause kam, zu der Ihr Mann und Frau Hegenbarth schon schliefen?«
»Woher soll ich das wissen?«
»Weil er vielleicht bei Ihnen war.«
Julika Fuchs wurde sichtlich nervös. »Wer behauptet das?«
»Olaf Fuchs.«
»Das ist gelogen! Er will sich nur reinwaschen!«
»Seine Aussage entlastet ihn aber gar nicht. Nach seinen Worten ging er von Ihnen weg, als Sie schon schliefen, hörte verdächtige Geräusche, wollte nachsehen, was los sei, hörte den Schuss, hörte

den ersten Schrei von Frau Hegenbarth, fand seinen Vater erschossen, aber vom Mörder keine Spur und verließ in Panik das Haus, als er Frau Hegenbarth kommen hörte. Später, als er über alles nachgedacht hatte, beschloss er, der Polizei eine Geschichte zu erzählen, bei der sein Besuch zuhause nicht vorkam. Sein Pech war, dass er auf der Straße gesehen wurde.«

»Also hat er seinen Vater doch erschossen!«

»Das ist noch nicht raus. Aber wenn er nicht bei Ihnen war, dann gibt es einen Verdächtigen mehr.«

»Wen?«

»Sie! Und Olaf will Sie mit seiner Aussage schützen.«

»Warum soll ich meinen Mann erschießen?«

»Gründe werden sich finden, verlassen Sie sich darauf.«

»Ich war es nicht, und jetzt sage ich nichts mehr.«

Bendow betrachtete die junge Witwe, stellte fest, dass aus ihr wohl nichts mehr heraus zu holen war, stand auf und verließ das Fuchssche Anwesen. Als er gerade seinen Wagen starten wollte, klingelte sein Mobiltelefon. Johnny Jäger war in der Leitung.

»Ich habe was. Treffen wir uns am See. In einer halben Stunde.«

»Ich bin noch unterwegs. Das wird zu knapp für mich. Sagen wir in einer Stunde.«

»Gut.«

»Vergessen Sie das Geld nicht.«

»Habe ich schon eingesteckt.«

Bendow raste so schnell, wie es mit seinem alten Käfer noch ging, in sein Büro, um sich auf das Treffen mit Jäger vorzubereiten.

10

Bendow schaffte es gerade noch, trockenen Fußes ins Polizeipräsidium zu kommen. Als er bei Minnert eintrat, stand dieser am Fenster und betrachtete den Regenguss, der draußen niederging.

»Ich hatte gerade ein Gespräch mit einem Mann«, begann Bendow, »und das letzte, was ich zu ihm sagte, war: Dann will ich mal zur Polizei fahren und den Fall Karl Anton Fuchs klären. Und da bin ich.«

Minnert schaute den Privatdetektiv missmutig an: »Wir haben den Täter.«

»Den Sohn des Opfers?«

»Genau den.«

»Ich bin davon überzeugt, dass er es nicht war.«

»Müssen Sie ja sein, sonst können Sie nichts verdienen. Wie ich höre, hat Sie der Schmidt-Edertal engagiert.«

»Schmidt-Eberbach. Aber das nur am Rande. Wenn ich Ihnen jetzt erzähle, was ich aus dem Olaf rausgeholt habe, werde ich Sie in Ihrer Auffassung nur bestärken, aber ich tue es trotzdem.«

»Dann schießen Sie mal los.«

Bendow berichtete über sein Gespräch mit Olaf Fuchs im Untersuchungsgefängnis.

»Na also. Er war während des Mordes noch im Haus und hat ein Verhältnis mit seiner Stiefmutter. Vielleicht haben sie es zusammen gemacht. Also, was wollen Sie?«

»Hören Sie zu.«

Bendow holte aus seiner Jackentasche ein kleines Diktiergerät, drehte den Lautsprecher auf und ließ das Band ablaufen. Die Stimmen waren etwas verzerrt, aber was sie sagten, war klar zu erkennen:

»Haben Sie das Geld dabei?«
»Hier.«
Man hörte leichtes Geraschel.
»Was sagt Ihr Gewährsmann?«
»Die Kugel ist an der anderen Seite des Kopfes wieder ausgetreten.«
»Klar. Das weiß jeder.«
»Der Schusskanal war schräg. Die austretende Kugel ist durch das Ohr gegangen. Der Alte hat ein hübsches Loch im Ohrläppchen. Das konnte man dort im Haus nicht sehen, weil der Alte drauflag.«
»Woher soll das der Killer gewusst haben?«
»Er hat den Kopf rumgedreht, weil er hoffte, das Projektil zu finden und mitzunehmen.«
»Als Souvenir?«
»Machen Sie keine Witze! Mit so was spaßt man nicht! Er wollte seine Spur verwischen.«
»Aber er hat es nicht gefunden.«
»Nein. Er hörte Schritte und musste abhauen.«
»Schön. Dann werde ich mal zur Polizei gehen und meine Rolle spielen.«

Bendow schaltete das Gerät aus.
»Das ist beschlagnahmt!« sagte Minnert.
»Ich hätte es Ihnen auch so dagelassen. - Hat die Leiche ein Loch im Ohrläppchen?«
Minnert schaute Bendow eine Weile nachdenklich an. Dann sagte er:
»Ja. Die Kugel ist durch das Ohrläppchen ausgetreten.«

»Ein seltener Kugelfang. - Kugel fang! Das hätte dem alten Fuchs gefallen.«

»Hähh?«

»Ach nichts. - Wer weiß von diesem Detail?«

»Nur der Pathologe und ich. Der Pathologe hat es mir erzählt und wir haben vereinbart, dieses Detail für uns zu behalten. Warum, können Sie sich ja denken.«

»Dann ist ja alles klar, oder?«

»Ihr Gesprächspartner war Johnny Jäger?«

»Richtig.«

»Und wer ist der Auftragskiller, von dem die Rede ist?«

Bendow grinste. »Es gibt keinen«, sagte er dann und erzählte von seinem geplanten Geschäft mit Jäger.

»Jäger hat ein Alibi.«

»Johnny Jäger besitzt zwei Motorräder. Mit einem Motorrad braucht man um Mitternacht keine fünf Minuten vom »Unicorn« bis zur Villa Fuchs, wenn man die Fußgängerbrücke über den Fluss nimmt. Mit einem Auto müsste man einen Riesenumweg machen, der viel zu lange dauert. Wenn er in seinem Laden eine Viertelstunde weg war, ist das niemandem aufgefallen. Erinnern Sie sich an die Zeugin, die mitten in der Nacht Olaf Fuchs gesehen hat? Sie hat gehört, wie ein Auto gestartet wurde. Das kann auch ein Motorrad gewesen sein. Olaf war es auf jeden Fall nicht, denn der ist drei Straßen weiter zum nächsten Taxistand gegangen.«

»Das stimmt; der Taxifahrer hat sich gemeldet und die Aussage bestätigt, aber warten Sie einen Augenblick. Da war etwas mit einem Motorrad...«

Minnert blätterte in der Akte Karl Anton Fuchs.

»Wir hatten eine Menge Hinweise aus der Bevölkerung. Aber nachdem sich der Verdacht gegen Olaf Fuchs verstärkt hatte, haben wir viele Hinweise erst einmal beiseite gelegt. - Hier ist es: Ein Zeuge teilt mit, dass er kurz nach Mitternacht auf der Fußgängerbrücke fast von einem Motorrad überfahren wurde.

Er konnte gerade noch beiseite springen. Er war so empört, dass er am nächsten Tag bei uns angerufen und gefragt hat, ob das vielleicht im Zusammenhang mit dem Mord stehen könnte. Und er hat sich einen Teil der Nummer gemerkt, hiesiges Kennzeichen, am Ende 23. Einen Moment.«

Minnert telefonierte eine Weile. Dann sagte er:
»Ich brauche die Nummer einer Honda, zugelassen auf Dieter Jäger.«
Er wartete einen Moment und sagte dann: »Ich wiederhole, örtliches Kennzeichen und dann K 423. Danke.«
Zu Bendow sagte er: »Deckt sich mit der Zeugenaussage. Jäger ist unser Mann. Aber warum hat er sich gerade diesen Abend herausgesucht, um Olaf zum reichen Erben zu machen?«
»Er dachte, dass Olaf bei seiner Freundin wäre und damit ein Alibi hätte. Er konnte ja nicht wissen, dass diese Freundin Julika Fuchs ist.«

»Okay«, sagte Minnert und stand auf. »Wir verhaften ihn.«
»Einen Moment«, antwortete Bendow, holte einen dicken Umschlag aus der Jackentasche und legte ihn vor Minnert auf den Schreibtisch.
»Die fünftausend«, sagte Bendow, »die können Sie Jäger bei der Gelegenheit gleich zurückgeben.«
»Er wird sie für einen guten Anwalt brauchen können. Wahrscheinlich nimmt er den Schmidt-Elberfeld.«
»Das ist auch eine arme Socke, dieser Anwalt.«
»Wieso?«
»Versucht sich von anderen Schmidts abzuheben, und keiner kann sich merken, wie.«

Ein winziger Täter

1

Unter den Wolken und wenig über dem Horizont kam noch einmal die Herbstsonne durch und schien ins Haus, aber ihre Strahlen erreichten die beiden alten Damen nicht, die tief im Salon in bequemen Sesseln saßen und einen Tee tranken. Elisabeth Haan, die Hausherrin, war 85 Jahre alt, ihre Freundin Gertrud Hückeswagen 81. Die Einrichtung des Salons war erstaunlich modern, fiel aber nicht sonderlich auf, denn mitten im Raum stand ein schwarzer Flügel, der majestätisch auf respektvollen Abstand zu den anderen Möbel hielt und die ganze Aufmerksamkeit auf sich zog.

An den Wänden des Salons hingen in geschmackvoll schlichten Rahmen die Photographien bekannter Komponisten, unter anderem von Bartok, Strawinsky, Ravel und Prokofiev. Ein großes Wandregal war voller Noten; die gebundenen standen, die anderen lagen in hohen Stapeln.

Frau Haan setzte ihre Teetasse ab, blickte Frau Hückeswagen an und fragte:

»Hast du eigentlich schon ein Testament gemacht?«

»Ich?«

»Könnte ich jemand anderes gemeint haben?« fragte Frau Haan.

Frau Hückeswagen kicherte.

»Warum sollte ich?« antwortete sie dann. »Erstens habe ich zwei Kinder, die das wenige, was ich habe, zu gleichen Teilen bekommen sollen. Dafür brauche ich kein Testament. Und zweitens bin *ich* ja noch ganz gesund. Hast du denn eins gemacht?«

Frau Haan streifte ihre Freundin mit einem ärgerlichen Blick. Dann fuhr sie fort:

»Ich habe schon vor vielen Jahren zusammen mit Robert ein Testament gemacht.«

»Wann ist Robert noch gestorben? Ich vergesse das immer wieder.«

»Ein dreiviertel Jahr später. Das war vor 14 Jahren.«

»Und warum kommst du jetzt darauf?«

»Ich wollte das Testament ändern, aber es geht nicht.«

»Es geht nicht?«

Es klingelte an der Haustür. Elisabeth Haan blickte zur Tür, die in den Flur führte, fasste ihren Stock, der an der Seite ihres Sessels lehnte, erhob sich aber nicht, denn sie hörte, dass das Dienstmädchen zur Haustür ging und öffnete.

»Das wird Philipp sein«, sagte Elisabeth Haan.

Einen Augenblick später trat ein junger Mann von etwa 20 Jahren ein, ging auf Frau Haan zu, küsste sie auf die Wange und sagte: »Guten Tag, Oma!«

Dann begrüßte er Frau Hückeswagen mit Handschlag, holte sich ein Sesselchen, stellte es so, dass die beiden alten Damen ihn gut sehen konnten und setzte sich. Philipp Haan war groß und sehr schlank. Er trug eine graue Hose und einen schwarzen Rolli. Das mittellange braune Haar war gewellt. Mädchenhaft lange Wimpern beschatteten seine dunkelbraunen Augen. Das Auffälligste an ihm aber waren seine langgliedrigen, gepflegten Hände.

»Wie geht es dir, Oma?« fragte er.

Die alte Dame lächelte und antwortete:

»Ich bin zufrieden. Und das ist schon sehr viel. Außerdem freue ich mich, dass du da bist und uns gleich etwas vorspielen wirst. Aber erst musst du von deinen Plänen erzählen.«

»Es sind immer noch die gleichen«, sagte Philipp. »Es sind noch acht Wochen bis zum Wettbewerb und ich stecke mitten in den Vorbereitungen.«

»Dann verzeih mir, dass ich dich so oft zu mir bitte.«

»Aber Oma, das ist doch selbstverständlich. Außerdem hast du so einen wunderschönen Flügel. Und schließlich muss ich einfach an die frische Luft, wenn ich 5, 6 Stunden geübt habe. Das sagt auch Professor Tritschler.«

»Dein Klavierlehrer?«

»Ja.«

Es klopfte an der Salontür. Eine junge Frau öffnete und streckte ihren Kopf hindurch, ohne vollends einzutreten.

»Frau Haan«, sagte sie. »Es ist achtzehn Uhr. Ich soll Sie an Ihre Tabletten erinnern.«

»Danke, Annie.«

Das Dienstmädchen Annie zog den schwarzhaarigen, kurz geschnittenen Wuschelkopf wieder zurück und schloss die Tür.

»Philipp,« sagte Frau Haan zu ihrem Enkel, »gib mir bitte meine Herztabletten. Sie liegen auf dem Barschränkchen unter Opas Bild.«

Philipp stand auf und holte die Tablettenschachtel. Frau Haan sagte:

»Und bring mir bitte ein Glas und die Wasserflasche, die findest du in dem Schränkchen.«

Philipp lächelte, denn es war immer das gleiche Ritual, wenn er jeden zweiten, dritten Tag seine Großmutter besuchte. So brachte er ihr auch heute die Tabletten, öffnete die Wasserflasche, goss etwas von der Stillen Quelle in das Glas, wartete, bis sie eine Tablette aus der Schachtel gefingert und die Schachtel neben sich auf den Sessel gelegt hatte, und reichte ihr dann das Glas. Er wartete weiter, bis sie die Tablette auf ihre Zunge gelegt und mit einem Schluck hinuntergespült hatte, ließ sich das leere Glas geben und stellte Glas, Flasche und Tablettenschachtel zurück. Dann ging er zum Flügel, setzte sich auf den Klavierhocker, konzentrierte sich einen Moment und begann zu spielen.

Er spielte die Waldsteinsonate mit energischem Anschlag und hohem Tempo. Die Motorik des ersten Satzes hielt er bis zum Ende durch, setzte die Akzente mit Präzision und Sicherheit, baute im Adagio molto des zweiten Satzes einen großartigen Spannungsbogen auf, den er, wie befreit, in das Allegro moderato des dritten Satzes überführte, um dann im abschließenden Prestissimo im Tempo bis an die Grenzen des Spielbaren zu gehen.

Als er geendet hatte und sich zu seiner Großmutter und ihrer Freundin umdrehte, patschte Frau Hückeswagen mit ihren kleinen Händen artig Beifall, während Frau Haan ihren Enkel fragte: »Wirst du die Waldstein im Wettbewerb spielen?«
»Nur den ersten Satz, Oma. Für die ganze Sonate reicht die Zeit nicht, die mir zur Verfügung steht.«
»Du kannst sie im Preisträgerkonzert spielen!«
»Dazu muss ich erst einmal unter die Preisträger kommen, Oma, und selbst dann«, sagte er und dreht er sich wieder zum Flügel um, »werde ich sie nicht spielen, sondern das.«

Er legte die Hände auf die Tasten, hielt einen Moment inne und spielte dann die vier Moments musicaux, op. 94 von Franz Schubert. Elisabeth Haan schloss die Augen und lauschte. Sie wusste, warum Philipp diese Kompositionen gewählt hatte. Sie gehörten zu ihren Lieblingsstücken, und sie hatte sie früher oft selbst gespielt.

Als Philipp sein Konzert beendet hatte, setzte er sich aus Höflichkeit noch einen Augenblick zu den beiden Damen, erzählte ein wenig von seinem Studium und verabschiedete sich dann. Wenig später, als sie ihre zweite Tasse Tee ausgetrunken hatte, erhob sich auch Gertrud Hückeswagen. Sie hatte von Elisabeth

Haan Neuigkeiten erfahren, und die musste sie unbedingt noch Hedwig Maurer erzählen. Hedwig Maurer war früher Elisabeths beste Freundin gewesen, aber die beiden hatten sich verkracht und nie mehr ein Wort miteinander gesprochen, lange bevor Gertrud beide kennen lernte. Sie besuchte sowohl Elisabeth als auch Hedwig, und während sie bei Hedwig Maurer stets ein offenes Ohr für alles fand, was sie aus dem Hause Haan erzählen konnte, hatte Elisabeth es sich verbeten, dass Hedwig Maurer in ihrer Gegenwart erwähnt wurde.

Um ihre Freundin zu verabschieden, wohl wissend, dass die jetzt zu Hedwig Maurer gehen würde, hatte sich Elisabeth Haan erhoben, läutete mit einer Handglocke und gab Gertrud die Hand. Annie erschien und schaute Frau Haan erwartungsvoll an.
»Bringen Sie bitte Frau Hückeswagen zur Tür«, sagte Elisabeth Haan, drehte sich um und ging zu ihrem Sessel zurück. Es war dämmrig geworden. Sie knipste die Stehlampe an, setzte die Lesebrille auf und nahm das Buch von Fernau zur Hand, in dem sie gerade las. Es ging darin um Goethes letzte Liebe, Ulrike von Levetzow.

2

»Philipp war wieder da und hat gespielt,« sagte Gertrud Hückeswagen, als sie bei Hedwig Maurer im Wohnzimmer saß.
»Er soll wohl die Karriere machen, die ihr versagt geblieben ist. Und wie ich gehört habe, soll er verdammt gut sein.«
»War Elisabeth nicht so gut?«
»Sie war auch sehr gut und hatte schon öffentliche Konzerte gegeben. Es gibt sogar eine Schallplattenaufnahme von ihr, auf der sie auf der einen Seite »An Elise« und auf der anderen Seite »Die Wut über den verlorenen Groschen« spielt. »Elisabeth Nonn,« hieß es damals in den Zeitungen, »eine junge Pianistin, die sich

anschickt, Elly Ney den Rang als Beethoven-Interpretin streitig zu machen.« Tja, und dann hat sie Robert kennen gelernt, wurde schwanger, hat geheiratet, und Robert hat ihr verboten, jemals wieder öffentlich aufzutreten.«

»Aber sie hatte doch auch so ein wunderbares Leben!«

»Natürlich, natürlich! Die gute Gesellschaft, Empfänge, Reisen, teure Garderobe, Schmuck, Wohltätigkeit und all das. Der Robert kam ja aus einer der ersten Familien und war vermögend. Und er hat es gut angelegt. Davon kann sich Elisabeth ja heute noch ein luxuriöses Leben leisten. Aber irgendwann, als wir noch jung waren, hat sie mal zu mir gesagt, sie lebe wie in einem goldenen Käfig, aber halt in einem Käfig.«

Gertrud rutschte auf ihrem Sessel herum. Sie hatte Philipp ganz bewusst erwähnt, denn sie hatte erfahren, warum der angehende Pianist nicht mehr bei seinem Vater und seiner Stiefmutter lebte, sondern zu seinem Onkel gezogen war, und das musste sie jetzt unbedingt loswerden.

»Weißt du«, begann sie, »warum Philipp nicht mehr zu Hause wohnt, sondern bei Onkel Reinhold?«

»Hat sein Vater nicht gesagt, dass er dort die besseren Möglichkeiten zum Üben hat? Denn Onkel Reinhold hat auch einen sehr schönen Flügel, und Philipp hätte nur fünf Minuten von dort zum Konservatorium«, antwortete Hedwig.

»Das haben sie gesagt, aber das ist nicht der Grund!«

»Nein?«

»Du weißt doch, dass Gerhard vor einem Jahr wieder geheiratet hat.«

»Natürlich weiß ich das. Gerhard hat ja nicht einmal das Ende des Trauerjahres abgewartet, um diese junge Frau mit dem unehelichen Kind von einem Schauspieler zu ehelichen.«

»Ja, das hat er getan, kaum dass die arme Edith unter der Erde war.«

»Und Elisabeth war strikt gegen die Heirat, nicht?«

»Ganz recht. Nach außen hin hat sie zwar so getan, als sei alles in Ordnung. Sie hat sich sogar mit der neuen Schwiegertochter geduzt, aber insgeheim hasst sie Monika! Gerhard durfte sie nie mitbringen, wenn er seine Mutter besuchen wollte. Und die junge Frau fühlte sich zurückgesetzt und hat ihn das spüren lassen, wenn er von seiner Mutter zurück kam. Er ist dann auch nur noch selten hingegangen.«

»Junge Frau? Sie ist doch schon über dreißig!«

»Aber er ist über fünfzig! Jedenfalls hat der Philipp wohl mal einen Blick durchs Schlüsselloch der Badezimmertür geworfen, als sie gebadet hat, und sie hat es gemerkt und hat die Tür aufgerissen. Er wollte noch weglaufen, aber sie hat ihn festgehalten, und sie hat genau gesehen, was der Junge bei dem Anblick gefühlt hat.«

»Du meinst, in seiner Hose?«

»Ja, in seiner Hose.«

»Und dann?«

»Dann hat sie den Gerhard vor die Entscheidung gestellt. Entweder der Junge verlässt das Haus oder sie.«

»Mein Gott! So schlimm ist das doch nicht, was der Junge getan hat! In dem Alter sind doch alle Jungs hinter so was her! Wenn es *nicht* so wäre, würde ich mir Gedanken machen. Wenn ich dran denke, damals, als der Jürgen kam, um mich zu einer Tanzerei abzuholen, und ich habe zu ihm gesagt, ich muss noch Duschen und mich Umziehen, und ich bin so lange nackt im Bad herum gelaufen, bis ich wusste, dass er an der Badezimmertür stand und durchs Schlüsselloch schaute.«

»Dann hat er dich ja auch geheiratet.«

»Das war doch der Zweck der Übung!«

»Du bist mir aber eine!«

Die beiden Damen brachen in ein fröhliches Lachen aus. Dann wurde Hedwig wieder ernst und sagte:

»Aber bis zur Hochzeit gab es nur ein bisschen gucken und knutschen, mehr nicht!«

»Und das soll ich dir glauben? - Jedenfalls hat Philipps Vater erst mit seinem Schwager gesprochen und dann mit Philipp, und dann ist Philipp ausgezogen.«

»Meinst du, Onkel Reinhold hätte ihn auch aufgenommen, wenn seine Tochter noch zu Hause wohnen würde?« kicherte Hedwig Maurer und Gertrud Hückeswagen gluckste vor Lachen, statt zu antworten.

Nach einer Weile, in der die beiden Frauen an ihrem Likör genippt hatten, fragte Hedwig:

»Und wie geht es Elisabeth? Ich meine gesundheitlich.«

»Sie sagt, sie nähme jetzt schon die stärksten Herztabletten, die es für ihr krankes Herz gäbe. Ich glaube, nur der Gedanke an Philipp und wie sie seiner Karriere helfen kann, halten sie am Leben. Er ist aber auch wirklich ein Netter! Besucht sie, spielt ihr vor, erzählt, wie es ihm so geht und was er erlebt. Und immer Musik. Da kenne ich mich ja nicht so aus.«

»Na ja, vielleicht geht er ja auch aus Berechnung hin und will sich lieb Kind bei ihr machen.«

»Das glaube ich nicht! Du müsstest ihn mal erleben. Er liebt seine Großmutter. Sie war ja auch seine erste Klavierlehrerin.«

»Ich dachte immer, sein Vater hätte ihm Unterricht gegeben, als er drei, vier war.«

»Nein. Jedenfalls sagt Elisabeth, dass sie es war und dass ihr Sohn Gerhard gar nicht besonders begabt gewesen wäre. Gerhard hätte zwar auch ganz gut Klavier gespielt, aber Philipp wäre schon mit sechs Jahren besser gewesen als sein Vater zu seinen besten Zeiten.«

Die Damen griffen wieder zu ihren Likörgläsern, und Hedwig nahm die Flasche in die Hand, nachdem sie ihr Glas abgesetzt hatte. Gertrud zog ihr Glas weg, um zu verhindern, dass ihr nach-geschenkt würde.

»Komm, Gertrud«, sagte Hedwig, »auf einem Bein kann man nicht stehen.«

»Nee, nee!« wehrte Gertrud ab. »Wenn ich noch einen trinke, kann ich gar nicht mehr stehen. Mir ist so schon ganz blümerant!«

Hedwig goss sich aber noch ein zweites Glas ein, nahm einen Schluck und stellte das Glas ab. Eine Weile schwiegen die beiden alten Frauen.

»Auf alle Fälle hat die junge Frau Haan ihren Mann ganz fest unter Kontrolle,« begann Gertrud wieder das Gespräch.

»Wie heißt die jungen Frau Haan eigentlich mit Vornamen? Ich vergesse das immer.«

»Die heißt Monika und ist eine geborene Schneider. Der Vater ist Studienrat, *war* Studienrat. Er ist jetzt Landtagsabgeordneter und im Rat der Stadt. Im Landtag ist er im Kulturausschuss, und so hat die Monika auch diesen Schauspieler kennen gelernt.«

»Und hat ihn nicht geheiratet, als sie schwanger wurde?«

»Sie hätte schon gern, aber er wollte nicht. Er ist doch schon lange mit dieser Sängerin zusammen, diese ... Mir fällt jetzt nicht ein, wie die heißt. Die immer lange schwarze Kleider trägt, wenn sie auf der Bühne ist. Die hat ihn erst rausgeschmissen, als seine Affäre mit Monika Schneider publik wurde, aber dann hat sie sich wieder mit ihm versöhnt, und die Monika hat durch die Röhre gekuckt.«

»Hat sie denn Tantiemen ..., ach Quatsch Tantiemen! Wie komme ich jetzt auf Tantiemen? Hat sie Alimente gekriegt?«

»Nein. Sie waren ja nicht verheiratet. Der Herr Schauspieler braucht nur für das Kind zu zahlen, und das tut er sehr unregelmäßig.«

»Jetzt kommt es wahrscheinlich auch nicht mehr darauf an. Der Gerhard hat sicher genug Geld.«

»Was ich so gehört habe, verdient er nicht schlecht, das stimmt. Und er hat das Haus und wahrscheinlich auch was auf der hohen Kante. Aber das Interessante ist doch, was er erbt, wenn die Elisabeth mal nicht mehr ist.«

»Wenn sie es nicht vorher für ihren Enkel ausgibt.«

»Der bekommt von ihr ein schönes Taschengeld und die Kosten für sein Klavierstudium. Und den Wettbewerb zahlt sie auch, aber mehr nicht. Sie gehört nicht zu denen, die mit warmen Händen schenken. Du, Hedwig, sei nicht böse, ich muss jetzt nach Hause. Es ist schon spät.«

»Es war nett, Gertrud. Und komm bald wieder mal vorbei!«

3

Monika Haan hatte ihre Einkäufe beendet und schob den Kinderwagen mit dem kleinen Alexander zum Parkplatz. Sie betrachtete liebevoll ihren Sohn, den sie und ihr Mann »Alexander den Kleinen« nannten. Ich sollte von Gerhard auch ein Kind haben, und dann soll er Alexander adoptieren, dachte sie. Sonst lässt er am Ende Philipp wieder einziehen, was mir eigentlich egal wäre. Dass der scharf darauf ist, mich nackt zu sehen, mein Gott. Er war nicht der Erste, der das wollte. Sie lächelte in sich hinein. Es ist ja quasi ein Kompliment. Ich glaube, ich kann mich doch noch sehen lassen. Sie setzte ihren Sohn in den Kindersitz ihres Wagens, verstaute den Kinderwagen und die Einkäufe und fuhr nach Hause.

Sie brauchte knapp zehn Minuten und fuhr auf den Parkplatz neben dem Haus, denn in der Garage war nur Platz für Gerhards großen Mercedes.

Monika Haan hatte lange blonde Haare, in die über der Stirn eine Sonnenbrille geschoben war. Ihre Lippen waren in einem kräftigen Rot geschminkt. Sie hatte eine sehr gute Figur und insbesondere schöne Beine, die bei dem knapp sitzenden, kurzen Kostüm, das sie trug, gut zur Geltung kamen.

Sie ging um den Wagen herum, öffnete die Beifahrertür und nahm zuerst eine große Plastiktüte mit dem Namen eines angesehenen Schuhgeschäftes und dann ihren Sohn Alexander aus dem Wagen und stellte ihn auf den Boden. Dann schloss sie das Auto, nahm die Plastiktüte und ging zur Haustür, an der Alexander der Kleine schon wartete.

Im Flur stellte sie ihre Tüte ab, legte die Autoschlüssel auf das Telefonschränkchen, brachte ihren Sohn ins Kinderzimmer, kehrte in den Flur zurück und rief: »Hallo, Schatz, ich bin wieder daha!« Sie erhielt aber keine Antwort. Sie ging in die Küche, dann in das Wohnzimmer, schaute in den Garten, konnte aber auch da ihren Mann nicht entdecken. Sie öffnete die Tür zum Arbeitszimmer ihres Mann und erstarrte vor Schreck.

Gerhard Haan hing verdreht in seinem Schreibtischstuhl, war nicht bei Bewusstsein und versuchte mit aller Macht Luft zu bekommen. Sein Hemd war geöffnet, die Krawatte gelockert, die Stirn schweißnass. Sein Mobiltelefon lag auf dem Boden. Er hatte offensichtlich noch danach gegriffen, um Hilfe herbei zu rufen, aber es war ihm aus der Hand geglitten.

Monika Haan konnte später nicht sagen, wie lange sie regungslos vor Schreck dagestanden hatte. Wahrscheinlich waren es nur Sekunden, aber plötzlich wurde ihr bewusst, dass sie etwas unternehmen musste. Sie sprang zu ihrem Mann, fasste sein Handgelenk, fand einen schwachen, unregelmäßigen Puls, bückte sich, hob das Mobiltelefon auf, sah, dass es angestellt war und tippte die Notrufnummer ein. Als am anderen Ende abgenommen wurde, schrie sie hinein:
»Mein Mann! Er ist ohnmächtig! Er stirbt! Kommen sie, so schnell es geht! Haan. Mit zwei a. Kleiststraße. Nummer acht. - Ja. Kommen Sie! So schnell wie möglich!«

Wenig später stand der Rettungswagen vor dem Haus. Der junge Arzt im weißen Kittel war bereits im Haus und beugte sich über Gerhard Haan, den Monika auf den Boden in die stabile Seitenlage gelegt hatte. Ein Sanitäter stand hinter ihm und hielt den Notfallkoffer in der Hand. Der Arzt suchte mit dem Stethoskop nach Herztönen, fand aber keine. Er zog die Enden des Stethoskops aus den Ohren und legte sich das Gerät um den Hals.

»Wiederbelebung!« sagte er zu dem Sanitäter, und beide bemühten sich durch rhythmisches Drücken auf den Brustkorb den Herzschlag wieder in Gang zu bringen. Vergeblich. Gerhard Haan war tot. Der Arzt richtete sich auf und sagte:
»Es tut mir leid, Frau Haan, aber hier ist nichts mehr zu machen. Mein Beileid.«
Monika Haan schlug die Hände vors Gesicht und brach in Tränen aus. In der Tür zum Arbeitszimmer stand auf einmal der kleine Alexander und sagte:
»Mami, warum weinst du?«
Monika Haan nahm die Hände vom Gesicht und sah zu ihrem Sohn. Dann wischte sie sich die Tränen mit dem Handrücken aus dem Gesicht, ging zu ihrem Kind und führte es aus dem Zimmer. Es dauerte ein paar Minuten, bis sie wieder zurück kam. Sie hatte sich das Gesicht abgewaschen und war sehr bleich.

»Frau Haan«, begann der Arzt, »es tut mir leid, aber ich muss Ihnen ein paar Fragen stellen.«
Monika Haan nickte und versuchte, tapfer zu sein.
»Haben Sie einen Hausarzt?«
Sie nickte und sagte mit tonloser Stimme:
»Dr. Schröder.«
»Dr. Schröder?«
»Dr. Schröder im Sanddornweg.«
»Haben Sie ihn informiert?«
»Nach dem Notruf habe ich versucht, ihn zu erreichen, aber er

ist im Urlaub. Sein Vertreter hatte das Wartezimmer voller Patienten.«

»Litt Ihr Mann unter einer Krankheit, bei der ein solcher Zusammenbruch hätte eintreten können?«

Sie schüttelte den Kopf.

»Frau Haan, wir müssen der Todesursache auf den Grund gehen.«

»Was heißt das?«

»Das heißt, dass eine Obduktion vorgenommen werden muss.«

»Muss das sein? Davon wird mein Mann auch nicht wieder lebendig!«

»Ich kann so keinen Totenschein ausstellen, denn ich kenne die Todesursache nicht. Es scheint ein anaphylaktischer Schock zu sein, der zu einem Kreislaufkollaps geführt hat. Aber wodurch er ausgelöst wurde, weiß ich nicht. Und das muss ich wissen, um den Totenschein ausstellen zu können.«

»Wenn es denn sein muss, dann machen Sie das halt,« sagte sie mit tonloser Stimme.

»Ich werde das Notwendige veranlassen. Wo kann ich telefonieren?«

Sie reichte ihm wortlos das Mobiltelefon.

Als sie das Telefon zurück hatte, wählte sie die Nummer ihrer Schwiegermutter, die sich mit einem fröhlichen »Hier Frau Haan!« meldete und dann immer reservierter wurde, als sie erfuhr, was geschehen war. Schließlich sagte sie:

»Ich habe ihn heute früh noch besucht, als du unbedingt in die Stadt musstest. Da war er noch kerngesund.«

Monika Haan empfand das als Beschuldigung und fragte mit bösem Unterton in der Stimme;

»Was willst du damit sagen? Dass ich an seinem Tod schuld bin?«

»Jedenfalls hätte man rechtzeitig Hilfe holen können, wenn du im Hause gewesen wärst.«

»Du warst es doch, die mit Gerhard allein sprechen wollte! Nur deshalb bin ich mit Alexander in die Stadt gefahren!« Dann legte sie auf, ohne die Antwort ihrer Schwiegermutter abzuwarten.

4

Der junge Mann las die Aufschrift auf der Milchglasscheibe, zögerte noch einen Moment und klopfte dann entschlossen an das Glas.
»Herein!« tönte es von innen.
Der junge Mann öffnete die Tür und trat in das Büro von Greg A. Bendow, Private Ermittlungen. Bendow saß hinter seinem Schreibtisch und schob die Kontoauszüge, die er gerade missmutig studierte, beiseite. Ohne sich zu erheben oder dem jungen Mann die Hand zu reichen, sagte er:
»Nehmen Sie Platz. Was kann ich für Sie tun?«
»Ich bin Philipp Haan.«
Er zögerte, weiter zu sprechen. Bendow zog die Augenbrauen hoch, um seiner Unwissenheit über den Namen des jungen Mannes Ausdruck zu verleihen, und wartete.
»Ich bin ein Schüler von Professor Tritschler«, fuhr der junge Mann fort.

Aha, ein angehender Pianist, dachte Bendow, der zwei Jahre zuvor dem Professor die Beweise der ehelichen Untreue von Frau Professor liefern konnte, was nicht unerheblich zu einer einvernehmlichen Scheidung beigetragen hatte. Ob der Prof wohl nach der Scheidung die hübsche japanische Pianistin geheiratet hat?

»Professor Tritschler hat Sie empfohlen.«
»Fragt sich, wofür er mich empfohlen hat.«
»Mein Vater ist überraschend gestorben und ... Wegen der Umstände mache ich mir Gedanken, ob es ein natürlicher Tod war.«

»Wegen der Umstände seines Ablebens?«
»Auch. Aber die sind mir noch nicht näher bekannt. Ich meinte: Wegen der Familienumstände.«
»Erzählen Sie.«

Philipp Haan erzählte, was er über den Tod seines Vaters erfahren hatte, berichtete, dass er nicht mehr zu Hause wohnte, und erwähnte seine Stiefmutter und ihr gestörtes Verhältnis zu seiner Großmutter.

»Und Sie glauben, dass Ihr Vater keines natürlichen Todes gestorben ist?«
»Er soll obduziert werden. Das machen die Behörden doch nur, wenn sie Zweifel an der Todesursache haben, oder?«
»Das ist eine Routinegeschichte. Das macht man, wenn der Arzt, in diesem Fall der Notarzt sich über die Todesursache unklar ist. Der Notarzt kannte ihren Vater ja nicht und der Hausarzt war nicht erreichbar. Es kann trotzdem ein natürlicher Tod sein.«
»Ich will aber Klarheit haben.«
»Gut, Herr Haan. Ich nehme dann folgenden Auftrag an: Klären, woran Ihr Vater gestorben ist und prüfen, wenn möglich, ob bei seinem Ableben jemand nachgeholfen hat. Richtig formuliert?«
»Ja. Und wenn Letzteres der Fall ist, Ermittlung des Schuldigen. Was kostet mich das?«
»Hundertfünfzig pro Tag plus Spesen. Fünfhundert Vorschuss.«
Philipp Haan nahm sein Portemonnaie aus der Gesäßtasche, holte 5 abgezählte Hunderter heraus und legte sie auf den Tisch. Offensichtlich hatte ihn sein Professor auch über das Finanzielle informiert.
»Bekomme ich etwas Schriftliches?« fragte er.
»Reicht eine Quittung?«
Philipp Haan nickte. Bendow füllte ein Blatt seines Quittungsblocks aus, reichte es dem jungen Mann, strich das Geld ein und fragte:

»Wie wollen Sie die Berichte haben?«

»Kann ich Sie anrufen?«

»Natürlich. Unter dieser Nummer.«

Bendow reichte Haan eine Geschäftskarte und erklärte: »Am besten zwischen 18 und 19 Uhr. Kann ich Sie erreichen, falls ich eine dringende Auskunft brauche?«

»Schlecht.«

»Haben Sie kein Handy?«

»Doch, Aber ... Wissen Sie, ich übe viel und stelle dann das Handy ab.«

»Ihre Entscheidung. Aber es könnte ein Nachteil sein, wenn ich bis zum Abend warten muss, um beispielsweise von Ihnen eine Information zu erfragen.«

»Ich habe alles erzählt, was ich weiß.«

»Das glaube ich wiederum nicht,« sagte Bendow ironisch. »Das würde ein extrem ungünstiges Licht auf Sie werfen.«

Der junge Mann schaute sein Gegenüber entgeistert an, öffnete seinen Mund, um etwas zu erwidern, kapierte, wie Bendow seine Bemerkung gemeint hatte und sagte:

»Also gut, ich gebe Ihnen die Nummer. Wenn Sie nur die Mailbox erreichen, hinterlassen Sie bitte eine Nachricht. Ich rufe dann so schnell es geht zurück.«

Er schrieb eine Nummer auf einen Zettel, den ihm Bendow über den Tisch geschoben hatte, und schob ihn zurück. Dann erhob er sich und verließ das Büro.

Bendow kippte seinen Schreibtischsessel nach hinten, legte die Hände gefaltet hinter seinen Kopf und dachte nach. Nach fünf Minuten ließ er den Sessel mit einem Ruck wieder nach vorn kippen, griff sich das Telefon und rief die Rechtsmedizin an, wo ein alter Freund von ihm beschäftigt war.

»Rechtsmedizinisches Institut, Schmidt am Apparat.«

»Bendow hier. Hallo, Klaus. Musst du deinen Chef vertreten?«

»Der Greg! Das bedeutet nichts Gutes! Dr. Bertsch ist im Urlaub. Also musst du mit mir vorlieb nehmen.«

Bendow lachte: »Nein zu sagen, bevor du überhaupt weißt, was ich will, ist unfair.«

»Komm du mir nicht mit Fairness. War da nicht vom letzten Mal noch ein Essen offen?«

»Deswegen rufe ich ja an. Letztes Mal ging's nicht. Da habe ich honorarmäßig weitgehend in die Röhre geschaut. Aber jetzt habe ich ein paar hübsche Scheinchen Vorschuss für einen neuen Auftrag vor mir liegen. Wie wäre es heute Mittag im Bistro Montparnasse?«

»Im Montparnasse? Nicht bei Donatelli?«

»Du hast richtig gehört.«

»War wohl ein saftiger Vorschuss!«

»Ausreichend. Sagen wir ... dreizehn Uhr?«

»Das ist in einer dreiviertel Stunde. In Ordnung. Und welche Informationen soll ich mitbringen?«

»Ooooch. Nur damit wir was zu quatschen haben, wie wäre es mit allem, was du über Gerhard Haan weißt. Der müsste bei euch im Kühlschrank liegen.«

»Du hast mal wieder Schwein. Ich habe ihn selbst rausgeholt, aufgemacht, hineingeschaut, wieder zugemacht und zurückgeschoben.«

»Na denn.«

Das Montparnasse war gut gefüllt, aber Bendow hatte telefonisch reservieren lassen. Als er eintrat, saß Klaus Schmidt schon am reservierten Tisch und schlürfte einen Cocktail. Er winkte Bendow und schlürfte weiter, als sich der Detektiv setzte.

»Hast du auch schon was zu essen bestellt?«

»Wie kommst du da drauf? Ich bin doch ein gut erzogener Mensch!«

»Merkt man. Cocktailfarbe passt zum Hemd.«

Tatsächlich waren beide türkis. Schmidt lachte und sagte dann:
»Coq au Vin ist zu empfehlen.«

Bendow winkte den Kellner heran und sagte:
»Mir auch so ein Glas und dann zweimal Coq au Vin.«
Der Kellner nickte.
»Soll ich mit dem Erzählen warten, bis wir gegessen haben? Ich
meine, nicht dass es dir den Appetit verschlägt,« sagte Schmidt.
»Ist es so unappetitlich?«
»Ich weiß nicht, wo du deine empfindlichen Stellen hast.«
»Mir verdirbt so schnell nichts den Appetit.«
»Außerdem,« fuhr Schmidt ungerührt fort, »wer weiß, ob deine
Einladung noch gilt, wenn du schon alles weißt.«
»Es ist bereits bestellt, falls du dich noch daran erinnerst.«
»Aber noch nicht bezahlt! Und wie sagst du immer: Bezahle, wann
mer Geld hat, des is kaa Kunst, aber bezahle, wann mer kaans hat,
des is e Kunst, un die muss ich erst noch lerne!«
»Datterich, Drittes Bild«, antwortete Bendow und zog einen Hun-
derter aus der Hosentasche. »Beruhigt dich das?«
Schmidt lachte.

Der Kellner brachte Bendows Cocktail, Bendow nahm einen
Schluck durch den Strohhalm und schaute seinen Freund erwar-
tungsvoll an. Der sagte:
»Gerhard Haan, Immobilienmakler, 57 Jahre alt, ist an einem
Kreislaufkollaps als Folge eines anaphylaktischen Schocks gestor-
ben.«
»Was Natürliches?«
»Wie man's nimmt. Der Schock wurde durch Bienengift hervor-
gerufen. Eine Biene hat ihn gestochen, und er war dagegen hoch-
gradig allergisch.«
»Keine Hilfe möglich?«
»Doch, wenn man ihn rechtzeitig gefunden und ihm das Gegen-
mittel gespritzt hätte.«

»Wusste er von seiner Allergie?«

»Ja. Das hat jedenfalls seine Mutter der Polizei erzählt. Vor vielen Jahren ist er zum ersten Mal gestochen worden und mit knapper Mühe durchgekommen. Beim zweiten Mal sind die Symptome üblicherweise viel heftiger. Tja, jetzt ist es viel schneller gegangen, und er konnte keine Hilfe mehr herbeirufen. Seine Frau fand ihn bewusstlos und im Todeskampf, als sie vom Einkaufen nach Hause kam. Als der Notarzt kam, war er schon hinüber.«

»Hast du den Stich gefunden?«

»Natürlich. Drum herum war ja alles dick geschwollen und entzündet.«

»Eindeutig ein Bienenstich?«

»Wie meinst du das? Es war Bienengift, nicht Wespe oder Hornisse, das kann man unterscheiden, und ich habe es einwandfrei identifiziert.«

»Gut, gut. Was ich meine, ist: War die Wunde eindeutig durch einen Bienenstachel hervorgerufen worden und nicht etwa durch die Nadel einer Spritze.«

»Ach, so meinst du das. Das wäre raffiniert! Der perfekte Mord! Aber ich kann dich beruhigen. Du weißt, dass der Bienenstachel beim Stechen eines Warmblüters abbricht. Und er steckte noch in der Wunde. Eindeutig.«

Der Kellner brachte das Essen. Schmidt und Bendow unterbrachen ihr Gespräch, bis sie mit dem Coq au Vin fertig waren.

»Noch einen Calvados?« fragte Bendow.

»So spendabel heute, Greg? Klar! Wer weiß, wann du wieder so großzügig bist.«

»Obwohl ich gar keinen Grund dazu habe.«

»Wie das?«

»Der Fall ist zu schnell geklärt. Da kann ich nicht mal den ganzen Vorschuss behalten. Bleibt mir nur noch, die Witwe aufzusuchen und ein paar Kleinigkeiten zu klären.«

»Cui bono, wie der Lateiner sagt.«

»Und das heißt?«

»Wem nützt es. Wer zieht aus dem Tod von Gerhard Haan Nutzen?«

»Genau. Weißt du was darüber?«

»Noch einen Espresso zum Calvados und ich sage dir, was ich von der Kripo gehört habe.«

Bendow bestellte Calvados und Espresso und schaute Schmidt erwartungsvoll an.

»Das Geld in der Familie hat die alte Frau Haan. Der Verstorbene besitzt das Haus, in dem er jetzt gestorben ist, eine nette Lebensversicherung und noch ein paar Wertpapiere. Sonst nichts. Sein Maklerbüro ging befriedigend, aber besser auch nicht. In letzter Zeit eher schlechter, wie bei allen Maklern. Er war auf gewerbliche Immobilien spezialisiert, und da läuft es zur Zeit besonders schlecht. Er hätte natürlich beim Tod seiner Mutter geerbt. Dann wäre es interessant geworden, aber so ...«

»Wer erbt denn jetzt, wenn die alte Frau Haan mal stirbt?«

»Weiß ich nicht.«

»Weißt du denn, bei welcher Gesellschaft er sein Leben versichert hatte?«

»Nein.«

»Na schön,« schloss Bendow das Gespräch ab und winkte dem Kellner, um zu bezahlen.

Nachdem er sich von Klaus Schmidt getrennt hatte, fuhr Bendow mit seinem alten Käfer zum Haus des Verstorbenen in der Hoffnung, die Witwe anzutreffen. Das Tor zum Grundstück war verschlossen, aber an dem rechten der beiden verklinkerten Torpfosten waren Briefkastenschlitz, Klingel und Gegensprechanlage angebracht. Bendow klingelte und wartete dann eine Weile. Es knackte in der Gegensprechanlage, dann meldete sich eine Frauenstimme.

»Ja bitte?«

»Mein Namen ist Bendow. Sind Sie Frau Haan?«

»Ja.«

»Ich müsste Ihnen noch ein paar Fragen zum Tode Ihres Mannes stellen.«

»Sind Sie von der Polizei?«

»Nein. Ich komme im Auftrag der Versicherung.«

Anstelle einer Antwort summte der Türdrücker und Bendow öffnete das Tor. Als er das Haus erreichte, stand Monika Haan schon in der Tür. Er reichte ihr die Hand und sagte noch einmal: »Bendow.«

»Kommen Sie herein«, antwortete sie.

Sie ging ihm zum Wohnzimmer voraus und bat ihn, Platz zu nehmen. Dann sagte sie:

»Sie kommen von der Versicherung?«

»Nein. Ich komme im Auftrag der Versicherung.«

»Warum schickt die Allianz keinen eigenen Mitarbeiter?«

»Ich arbeite viel mit der Allianz zusammen,« nahm Bendow den Ball auf. »Insbesondere dann, wenn die Allianz über einen verstorbenen Kunden die Nachricht erhält, die Todesursache müsse noch durch eine Obduktion geklärt werden. Dann bekomme ich den Auftrag, einige Dinge zu klären. Ich selbst bin Privatdetektiv.«

Er reichte ihr eine Geschäftskarte.

»Nach meinen Informationen - bitte, korrigieren Sie mich, wenn sie nicht zutreffen - sind Sie die Begünstigte der Lebensversicherung.«

»Das ist richtig. Ursprünglich war es seine erste Frau, aber die ist verstorben. Er hat die Versicherung dann ändern lassen. Das war vor drei Monaten.«

»Haben Sie inzwischen etwas über die Todesursache erfahren?«

»Die Polizei hat angerufen und gesagt, er sei an einem Bienenstich gestorben.«

»An einem Bienenstich?« fragte Bendow mit ungläubigem Ausdruck in der Stimme.

»Er war hochgradig allergisch gegen Bienengift.«

»Wussten Sie das?«

»Nein. Das habe ich jetzt erst erfahren.«

»Aber er wusste es?«

»Das hat die Polizei gesagt, und die hat es von seiner Mutter.«

»Und er hat Ihnen das nie erzählt?«

»Nein. Aber mir ist dazu vorhin noch etwas eingefallen.«

»Ja?«

»Das war voriges Jahr. Da hatten wir an der Garagenrückwand ein Wespennest, und er ist darüber in Panik geraten. Er hat im Haus alle Fenster zugemacht und stundenlang rumtelefoniert, bis er jemanden hatte, der das Nest noch am gleichen Tag weggemacht hat. Hätte ich ihn damals gefragt, warum er so hektisch wegen ein paar Wespen reagiert, hätte ich jetzt Bescheid gewusst und vielleicht helfen können. Aber damals habe ich mir keine Gedanken gemacht.«

»Sie sollten sich keine Vorwürfe machen.«

»Das sagt sich so leicht.«

Sie schwieg einen Moment. Dann nahm sie das Gespräch wieder auf:

»Was möchten Sie noch wissen?«

»Waren denn die Fenster geschlossen, als Sie nach Hause kamen und Ihren Mann fanden?«

Monika Haan runzelte die Stirn, blickte ins Weite, rieb sich die Nase mit ihrem rechten Zeigefinger und dachte nach.

»In der Küche steht das Fenster immer auf Kippe, aber die Küchentür halten wir geschlossen, damit es nicht zieht. Im Arbeitszimmer hat mein Mann natürlich regelmäßig gelüftet. Aber ob vorgestern das Fenster offen war? Ich weiß es nicht. Wir können ja mal nachschauen.«

Sie ging voran, und er folgte ihr über den Flur ins Arbeitszimmer. Die Fenster waren geschlossen.

»Die Fenster sind zu,« sagte sie, »Aber es könnte sein, dass eins auf war, und ich habe es in Gedanken zu gemacht. Sie wissen ja, wie das ist. Man schaltet die Herdplatte aus, verlässt das Haus und fragt sich nach hundert Metern: Hast du den Herd ausgeschaltet? Man weiß es einfach nicht mehr.«

Bendow nickt und schaute sich ausgiebig im Arbeitszimmer um. Unter dem Sideboard sah er eine tote Biene liegen.
»Da haben wir ja den mutmaßlichen Täter,« sagte er, fasste die tote Biene an den Flügeln und hob sie hoch.
Monika Haan wich einen Schritt zurück und rief erschrocken:
»Tun Sie sie weg! Ich will sie nicht sehen! Ich will sie nicht anfassen!«
»Ich nehme sie nachher mit nach draußen,« sagte Bendow beschwichtigend.
»Haben Sie sonst noch Fragen?« fragte Frau Haan brüsk. Offensichtlich wollte sie den Detektiv jetzt loswerden.
»Schon, aber ich glaube, das ist jetzt alles nicht mehr relevant. Ich werde mir das, was Sie vorhin erzählt haben, noch von der Polizei bestätigen lassen, und dann ist der Fall wohl erledigt, und die Allianz wird zahlen.«

Als er seinen Käfer erreichte, hatte er die tote Biene immer noch in der Hand.
Tragisch, dachte er. So ein hübsches Tierchen und ersticht einen renommierten Immobilienmakler! Kommt mir irgendwie kräftiger vor, als ich sonst Bienen kenne. Ob sie noch ihren Stachel hat?
Er legte den kleinen Kadaver auf den Beifahrersitz und startete seinen VW.

Im Büro legte Bendow die tote Biene vor sich auf den Schreibtisch und betrachtete sie. Dann nahm er eine Lupe aus der Schreibtischschublade und blickte durch sie hindurch auf das tote Insekt.

Huch! dachte er. Jetzt sieht sie wirklich gefährlich aus! Killerbienen greifen an! Gab es nicht einen Film mit diesem Titel?

Dann rief er am Lehrstuhl für Biologie der Universität an, fragte sich durch und hatte schließlich einen Insektenexperten an der Strippe, dessen Spezialgebiet erfreulicherweise die Hautflügler waren, wozu die Bienen gehören. Sie verabredeten ein Treffen im Institut.

Dann kann ich wenigstens den ganzen Tag mit dem Tastenheini abrechnen, sagte sich Bendow, legte die Biene in ein Schächtelchen und verließ das Büro.

Der Bienenexperte untersuchte den kleinen Kadaver sorgfältig, erst mit dem bloßen Auge, dann unter einem Vergrößerungsglas, legte das Glas schließlich beiseite, schaute Bendow forschend an und sagte endlich:

»Interessant! Dazu kann ich Ihnen etwas sagen.«

»Bitte tun Sie das.«

»Wenn Sie mir sagen, was es mit der Biene auf sich hat.«

»Wozu wollen Sie das wissen?«

»Berufliche Neugier. Dies ist nämlich ein ausgefallenes Exemplar.«

»So? Inwiefern?«

»Das Tier hat keinen Stachel. Erst dachte ich, es ist eine Drohne.«

»Das sind die Liebhaber der Königin, nicht?«

»Richtig. Eine von ihnen jedenfalls. Und Drohnen haben keinen Stachel. Außerdem sind sie größer als die üblichen Arbeitsbienen. Und diese hier ist größer als das, was wir so landläufig als Biene in der Natur sehen. Aber diese hier *hatte* einen Stachel. Es ist daher eine übliche Arbeitsbiene, aber keine einheimische, sondern mit hoher Wahrscheinlichkeit ein südamerikanisches Exemplar oder aus der Kreuzung einheimischer mit südamerikanischen Bienen hervorgegangen. Dafür spricht auch die etwas andere Musterung des Haarkleides. Das bedarf allerdings noch eingehenderer Untersuchungen.«

»Was würden die eingehenderen Untersuchungen kosten?«

»Nichts. Die würde ich aus eigenem Interesse durchführen. Aber jetzt sagen Sie mir bitte, was es mit dieser Biene auf sich hat.«

»Ich fand sie in einem Raum, in dem ein Mann, der gegen Bienengift hochgradig allergisch war, an einem Bienenstich gestorben ist.«

»Hier, in der Stadt?«

»Ja. In einer Villa am Stadtrand.«

»Ist ja interessant. Wundert mich aber nicht.«

»Wieso?«

»Gerade diese Bienen sind als sehr aggressiv bekannt, beispielsweise, wenn man sie aus dem Zimmer scheuchen will. Fragt sich nur ...«

»Ja?«

»Wie ist die Biene in das Zimmer gekommen?«

»Durchs Fenster, durch die offene Terrassentür, mit einem Blumenstrauß, was weiß ich.«

»Ja, ja! Aber das meine ich nicht. Ich frage mich, wie kommt die Biene nach Deutschland?«

»Und wie lautet die Antwort?«

»Wenn es tatsächlich eine dieser Kreuzungen ist, dann... Also es ist so: Diese Bienen liefern mehr Honig und sind widerstandsfähiger gegen Milben, aber sie sind wegen ihrer Aggressivität unbeliebt, und viele Experten sind dagegen, sie in Deutschland zu züchten.«

Bendow seufzte: »Kaum hat man eine Frage geklärt, stellen sich drei neue.«

Der Biologe lachte und sagte: »Das haben unsere Berufe so an sich.«

5

Es war lange nach sieben, als Philipp Haan anrief, aber Bendow war noch in seinem Büro, denn er hatte sehr lange über die Bemerkungen des Bienenexperten nachgedacht, ohne dass er zu einem Ergebnis gekommen wäre. Eigentlich wollte er längst bei Donatelli sitzen, einen preiswerten und guten Rotwein trinken und dazu einen pikanten Salat und sonst nichts verzehren, denn er war noch vom Hähnchen am Mittag satt.

»Gut, dass ich Sie noch erreiche,« sagte der junge Mann. »Es ist etwas geschehen, was alles andere unwichtig macht.«
»Und was ist geschehen?«
»Meine Oma ...«
Bendow hörte, wie der Junge mit den Tränen kämpfte.
»Meine Oma ist heute Nachmittag an Herzversagen gestorben.«
»Mein herzliches Beileid.«
»Danke. Ich glaube, es war die Aufregung über Vaters Tod.«
»Und was ist unwichtig geworden?«
»Ihre weiteren Nachforschungen.«
»Gut. Wenn Sie wünschen, stelle ich meine Ermittlungen ein, obwohl ich gerade mitten drin bin.«
»Ja, bitte stellen Sie Ihre Ermittlungen ein.«
»Dann mache ich einen Abschlussbericht und eine Abrechnung. Ein Arbeitstag und geringfügige Spesen.«
»Sie können das ganze Geld behalten. Ich will nichts zurück.«
»Danke. Aber den Bericht muss ich sowieso machen. Schon allein für die Steuer. Wann kann ich Ihnen den übergeben?«
»Wenn`s denn sein muss; ich bin morgen den ganzen Tag im Haus

meiner Großmutter. Und jetzt entschuldigen Sie mich bitte.« Er schluchzte.

»Nochmals mein Beileid«, sagte Bendow und legte auf.

Den nächsten Vormittag verbrachte Bendow damit, seinen Bericht zu tippen. Mehrfach zog er den halb beschriebenen Papierbogen unzufrieden wieder aus der Maschine, zerknüllte ihn und warf ihn in den Papierkorb. Er wollte einerseits dokumentieren, dass er sich ins Zeug gelegt hatte und dass ihm kein Punkt, der zu untersuchen war, entgangen war. Andererseits wollte er nicht eine Geschichte präsentieren, in der darauf hingewiesen wurde, dass weitere Untersuchungen und Überlegungen erforderlich seien. So war es nicht verwunderlich, dass er erst gegen Mittag einen Bericht fertig hatte, mit dem er einigermaßen zufrieden sein konnte. Er beschriftete einen Umschlag und steckte den Bericht hinein.

Als er am Haus der verblichenen Großmutter ankam war und ihn Annie in den Salon führte, öffnete Philipp gerade die Post seiner Großmutter und las sie. Den letzten Brief hatte er noch aus dem Umschlag gezogen, legte ihn aber ungelesen auf den Tisch und blickte Bendow erwartungsvoll an.

»Der Bericht,« sagte Bendow und reichte Philipp Haan den Umschlag.
»Ach so, ja. Danke«, sagte Philipp Haan. »Setzen Sie sich. Ich nehme an, Sie möchten gerne wissen, warum ich mich so schnell umentschieden habe?«
Bendow nickte.
»Als Annie gestern Mittag ins Wohnzimmer kam, um nach Großmutter zu sehen, fand sie meine Oma tot in ihrem Sessel. Sie rief erst den Arzt und dann mich an. Ich bin natürlich sofort hierher geeilt. Meine Großmutter hatte mir in den vergangenen Monaten mehrfach gesagt, wenn sie mal nicht mehr sei, sollte ich an ihren Sekretär gehen. Dort lägen Anweisungen, was dann alles gemacht

werden müsste. Das habe ich getan. Im Sekretär lag eine Liste der Leute, die ich anrufen sollte. Als erstes meinen Vater, aber das hatte sich ja erübrigt, dann den Pfarrer, den Beerdigungsunternehmer, noch ein paar andere, und schließlich den Notar. Der ist gestern Nachmittag noch vorbeigekommen und hat gesagt, dass bei ihm das Testament läge. Über den Inhalt könnte er mir noch nichts sagen, nur soviel, dass Großmutter vor einiger Zeit das Testament zu meinen Gunsten ändern wollte, aber das wäre nicht möglich gewesen, weil es das gemeinsame Testament meiner Großeltern von vor bald zwanzig Jahren wäre.«

»Und warum wollte sie das Testament ändern, in dem wahrscheinlich Ihr Vater als alleiniger oder doch zumindest als Haupterbe eingesetzt war?«

»Meine Großmutter war von Anfang an gegen meine Stiefmutter, weil die sich so kurz nach dem Tod meiner Mutter mit ihrem unehelichen Kind »ins gemachte Nest gesetzt hat«, wie sich meine Großmutter ausdrückte. Ich nehme an, Großmutter wollte nicht, dass meine Stiefmutter irgendwann einmal ihr Geld erbt und ich dann vielleicht durch die Röhre schaue.«

»Und jetzt erben Sie und nicht Ihre Stiefmutter?«

»Vermutlich; aber das ist nicht der Grund, warum ich den Auftrag an Sie zurücknehme.«

»Sondern?«

»Ich hatte den Verdacht, dass meine Stiefmutter etwas mit dem Tod meines Vaters zu tun hat, aber nach dem, was ich inzwischen von der Polizei erfahren habe, war es ..., war es ...«

»Ein Unglücksfall.«

»Ja. So könnte man sagen.«

Man hörte es an der Haustür klingeln.

»Und warum hatten Sie Ihre Stiefmutter im Verdacht?«

»Ich habe Ihnen von den Familienproblemen erzählt. Mein Vater war von mir und von Oma auf einmal isoliert, und ich weiß, dass ihn das sehr bedrückte. Vielleicht wollte er diesen Zustand ändern. Vielleicht, dass es deswegen zwischen ihm und meiner Stiefmutter zum Streit gekommen ist.«

»Und im Fall einer Scheidung hätte sie mit leeren Händen dagestanden.«

»So etwa.«

»Als Witwe hingegen ....«

»Und das stimmt eben nicht. Mein Vater hatte finanzielle Probleme. Sein Geschäft lief schlecht. Er konnte mir nicht einmal einen Ferienkurs bei Alfred Brendel bezahlen. Meine Stiefmutter hätte wenig geerbt.«

»Vergessen Sie nicht die Lebensversicherung.«

»Gut, noch die Lebensversicherung. Aber ich halte sie nicht für fähig zu so einer Tat.«

»Da kann man sich zwar täuschen, aber in diesem Fall stimme ich Ihnen zu. Sie wusste wahrscheinlich wirklich nichts von der tödlichen Allergie Ihres Vaters.«

»Ich wusste es auch nicht.«

»Herr Haan, ich glaube, das wäre ....«

In diesem Moment klopfte es. Annie steckte ihren Kopf durch die Zimmertür und sagte:

»Herr Haan, können Sie mal kommen. Da ist jemand, der wollte Ihre Großmutter sprechen.«

Philipp Haan stand auf und sagte:

»Entschuldigen Sie mich einen Moment.«

Bendow nickte, und der junge Mann verließ das Wohnzimmer. Bendow stand ebenfalls auf. Es war alles gesagt. Ein tragischer Unglücksfall. Und er hätte, wie viele Unglücksfälle, verhindert werden können. Er wartete darauf, dass der junge Mann zurückkam, und blickte gelangweilt auf die Post, die auf dem Tisch lag. Zuoberst lag der Brief, den Philipp Haan noch nicht gelesen hatte. Bendow las, und sofort war seine Langeweile verflogen:

Sehr geehrte Frau Haan,

gerne denke ich an Ihren reizenden Besuch vor ein paar Tagen, als ich Ihnen leider keinen Honig verkaufen konnte. Inzwischen ist der Honig aber geprüft und abgefüllt. Es wäre mir eine Ehre, Ihnen jede beliebige Menge zu liefern, die Sie wünschen, um Ihnen eine erneute Fahrt zu mir, die ja doch etwas beschwerlich ist, zu ersparen.
Sollten Sie jedoch zu mir heraus kommen wollen, würde mich das um so mehr freuen, weil ich Ihnen dann noch mehr über Bienen erzählen und zeigen könnte. Ich denke noch immer daran, wie wissbegierig Sie waren, als ich Ihnen demonstrierte, wie man die neue, größere Art, die so viel mehr Honig bringt, leicht betäuben kann, ohne dass sie Schaden nimmt, wenn man sie zum Beispiel auf Milbenbefall untersuchen will. Gottlob sind sie in dieser Hinsicht ....

Bendow las nicht weiter, weil er Schritte hörte. Ich hoffe, dachte er, dass der junge Pianist nie erfahren wird, was für eine raffinierte und skrupellose Großmutter er hatte. Dann steckte er den Brief samt Umschlag ein.

Hotel, Motel, Totel

1

»Was meinst du, sollen wir uns jetzt schon ein Zimmer suchen?« fragte Susanne Sperling. »Dann können wir den ganzen Tag bei der Flugschau bleiben.«

Gregor Bendow, genannt Greg, der am Steuer saß, blickte kurz zu ihr hinüber und sagte: »Wir sind gerade an der Reklametafel eines Motels vorbei gekommen. Noch tausend Meter.«

»Eines Hotels?«

»Eines Motels. Sie heißen Motel, weil sie besonders Motorisierte ansprechen.«

»Ich weiß, was »Motel« bedeutet; ich hatte dich nur nicht richtig verstanden. Wenn's für Wanderer wäre, müsste es ja auch »Gotel« heißen.«

Greg lachte und fragte dann: »Und wenn es ganz einfach wäre?«

»Ich weiß nicht?«

»Na »Strohtel«, weil sie nur Strohsäcke hätten. Und wenn ...«

»Halt! Ich bin dran. Wenn es ... Ja, wenn es etwas verwahrlost wäre?«

»Puh! - Nee, da fällt mir nichts ein.«

»Flohtel natürlich!«

Noch lachend sagte Greg: »Hier ist es«, fuhr an einem Feldweg vorbei und bog in den Hof eines größeren Anwesens ein. Es war kurz vor 10 Uhr vormittags.

Rechts war ein flaches, einstöckiges Gebäude, über dessen Eingang ein Schild »Rezeption« angebracht und in dem wohl auch der Frühstücksraum untergebracht war. Links neben diesem Haus standen nebeneinander drei ebenfalls einstöckige, flache Gebäude, die aber wesentlich länger waren und jeweils vier Eingänge hatten. Eine niedrige Hecke trennte den Weg vor den Häusern von den Parkplätzen. Lücken in der Hecke gestatteten den Zutritt zu den Haustüren. Aus dem zweiten Eingang des dritten Hauses kam eine Frau im Arbeitskittel mit einem Staubsauger und wandte sich der dritten Tür zu, die Strippe hinter sich herziehend, die offensichtlich in einer Steckdose des ersten Appartements steckte, denn dessen Tür stand offen, während sie das zweite Appartement schloss.

Greg, der dies beobachtete, sagte: »Es wird noch sauber gemacht. Wer weiß, ob wir schon ein Zimmer beziehen können. Falls überhaupt eines frei ist.«
»Hervorragend kombiniert für einen Privatschnüffler!« sagte Susanne ironisch.
»Ja, das kannst du nicht. Du bist ja nur bei der Kripo!« gab Greg zurück.

Die Frau an der Rezeption war etwa 45 Jahre alt, schwarzhaarig, schlank und schlicht gekleidet. Sie antwortete auf Gregs Frage nach den Räumlichkeiten: »Sie haben Glück, dass Sie so früh da sind. Von 11 bis 16 Uhr ist die Rezeption geschlossen. Zu Ihrer Frage: Jedes Appartement hat Farbfernseher, Telefon, Minibar und natürlich ein Bad mit Dusche und Toilette.«
»Also ein Klotel«, sagte Susanne leise. Greg lachte.
»Bitte?« fragte die Frau.
»Meine Frau hat einen Scherz gemacht. Wir haben heute unseren albernen Tag.«

Er erklärte ihr, worüber sie gelacht hatten, und die Frau rang sich ein Lächeln ab.
»Ich werde das Motel Ihnen zu Ehren demnächst ,Bon-Motel' nennen,« sagte sie schlagfertig; und Greg und Susanne lachten.

»Sie können die Nummer 2 haben; die ist heute morgen frei geworden und schon geputzt und hergerichtet. Die Nummer 1 kann zur Zeit leider nicht benutzt werden. Also erstes Haus, zweiter Eingang.«

Sie nahm den Schlüssel vom Schlüsselbrett, reichte ihn Greg und sagte:

»Bitte, Herr Bendow. Ich wünsche einen angenehmen Aufenthalt.«

Beim Verlassen der Rezeption stießen sie mit einem älteren Mann zusammen, der ein griesgrämiges Gesicht machte. Greg trat zur Seite, um dem Mann den Vortritt zu lassen, was dieser ohne erkennbares Zeichen des Dankes in Anspruch nahm.

»Herr Schmalenbach, was gibt's?« fragte die Wirtin in einem Ton, als erwarte sie eine Beschwerde. Greg und Susanne verließen eilends die Rezeption.

Greg fuhr den Wagen vor die Nummer 2, nahm die Reisetaschen aus dem Wagen, ging zur Appartementtür und öffnete. Aus alter Gewohnheit prägte er sich sofort den ganzen Raum ein: Von der Tür führte ein schmaler Gang zum eigentlichen Zimmer, in dem links das Doppelbett stand, von dem man von der Tür aus nur das Fußende sah. An der rechten Wand des Raumes stand ein kleiner Schreibtisch mit Schreibtischsessel und dahinter eine Sitzgruppe. In dem schmalen Flur war links erst die Tür zum Bad und danach ein Wandschrank, rechts eine Ablage für die Koffer und darüber ein paar Kleiderhaken. Der Wohn- und Schlafraum wurde durch eine über die ganze Breite reichende Glasfront abgeschlossen, die rechts aus einem Fenster und links aus einer Terrassenschiebetür bestand. Vor beiden hing ein durchgehender dünner Vorhang, der sich leicht in der Zugluft bauschte, die durch die spaltbreit geöffnete Terrassentür kam. Die schweren, bunten Übervorhänge waren zurückgezogen.

»Hinein ins Erotel!« sagte Susanne fröhlich und drängte sich eng an Greg vorbei. »Ich nehme das Bett am Fenster.«

»Hoffen wir, dass es kein Fiaskotel wird«, antwortete Greg lächelnd, aber seine Reaktion auf ihren Körperkontakt widersprach seiner Bemerkung.

Susanne ging um das Bett herum und schrie laut auf.

Greg ließ die Taschen fallen und sprang hinzu. Zwischen Bett und Schiebetür lag eine zusammengekrümmte blonde Frau in Seitenlage, das Gesicht dem Bett zugewandt. Sie trug eine blaurot karierte Bluse und weiße Jeans und hatte am Hals deutliche Würgemale. Greg kniete sich zu dem leblos wirkenden Körper nieder und suchte mit den Fingerspitzen den Puls der Halsschlagader. Dann stand er auf und sagte zu Susanne, die sich abgewandt hatte:

»Tot. Geh bitte zur Wirtin und ruf die Polizei an.«

2

Die Wirtin stand aber bereits in der Tür, hinter ihr wurde Herr Schmalenbach sichtbar, der über ihre Schulter blickend etwas zu erkennen versuchte.

»Was ist los? Haben Sie gerade geschrieen?« fragte die Wirtin atemlos.

Susanne nickte und Greg sagte:

»Hier liegt eine tote Frau, rufen Sie bitte die Polizei!«

Die Wirtin trat näher hinzu, um die Leiche zu betrachten und sagte dann:

»Mein Gott, das ist ja Frau Gerdau! Was ist denn passiert?«

»Das weiß ich nicht,« sagte Greg. »Wenn Sie dann bitte die Polizei anrufen.«

Die Wirtin wollte zum Telefon auf dem Schreibtisch greifen, aber Greg sagte schnell:

»Nicht von diesem. Gehen Sie ins Büro. - Und Sie«, sagte er zu Herrn Schmalenbach, der ebenfalls hereingekommen war, »verlassen bitte das Appartement. Sind Sie Gast im Motel?«

Schmalenbach nickte, zog sich aber nicht zurück.

»Warten Sie in Ihrem Appartement, falls die Polizei nachher Fragen an Sie hat«, herrschte Greg ihn an und drängte ihn aus dem Raum. Schmalenbach ging nur widerwillig.

Greg blieb mit Susanne vor der Tür des Appartements stehen.

»Hast du gesehen«, sagte Susanne leise, »sie hat fast die gleiche Bluse an wie ich.«

Wenig später war die Wirtin zurück.

»Die Polizei wird gleich da sein«, sagte sie. »Wir sollen nichts anfassen.«

»Ist mir klar«, sagte Greg. »Frau Sperling ist von der Kripo, ich bin Privatdetektiv. Aber wir sind privat hier. Wer war denn diese Frau Gerdau?«

Die Wirtin schaute Greg einen Moment fragend an, als müsste sie erst ihre Gedanken sortieren, und sagte dann:

»Frau Gerdau ist vorgestern gekommen, aber nicht mit dem Auto, sondern mit dem Bus. Das machte mich misstrauisch. Ich habe deshalb und weil sie etwas ungepflegt wirkte und nur eine kleine Reisetasche bei sich hatte, gegen meine sonstigen Gewohnheit eine Anzahl von 50 Euro verlangt, denn sie wollte einige Tage bleiben, ohne sich genau festzulegen. Sie hat dann in ihrem Geldbeutel gekramt und gesagt, im Moment könne sie mir nur dreißig geben. Ich habe dann gesagt: »Sie können auch mit EC-Karte bezahlen.« Und sie daraufhin: »Die habe ich leider nicht dabei. Aber ich treffe hier morgen einen Mann, von dem habe ich noch Geld zu kriegen. Dann werde ich sofort bezahlen.« Ich fragte, ob der Mann sich vielleicht schon bei mir angemeldet haben könnte, aber sie meinte, das glaube sie nicht, denn der Mann sei auf der Durchreise und wolle gleich weiterfahren. Deswegen hätten sie auch den Treffpunkt außerhalb der Stadt gewählt.«

»Haben Sie jemanden gesehen, der zu Frau Gerdau gegangen ist?«

»Nein. Aber ich sehe natürlich nicht jeden. Übrigens hat sie gestern Abend bezahlt. Sie wollte im Laufe des heutigen Vormittags abreisen. Ich glaubte, sie sei schon weg, weil ihr Appartement geräumt ist. Sie muss ihren Bekannten also getroffen haben, falls die Geschichte überhaupt stimmt.«

In diesem Moment kamen zwei Polizeiwagen auf den Hof gefahren und hielten vor der Rezeption.

3

Eine Stunde später hatte die Polizei ihre Arbeit getan. Der Leichenwagen der Gerichtsmedizin, der später hinzugekommen war, verließ mit gefülltem Sarg den Hof. Kommissar Hofer saß mit einem der Uniformierten und der Wirtin, die sich als Frau Schwarzer ausgewiesen hatte, in der Rezeption, schaute sie durchdringend an und sagte dann:

»Also Sie bleiben dabei: Frau Gerdau hat heute früh gefrühstückt und ist dann zu ihrem Appartement zurückgegangen. Das ist das Appartement 4, also das letzte im ersten Haus. Sie haben sie erst wieder gesehen, als Frau Sperling geschrieen hat und Sie zu Appartement 2 gelaufen sind, wo Sie dann die Leiche gesehen haben.«

»Genauso war es.«

»Und wie ist Frau Gerdau in die Nummer 2 gekommen?«

Frau Schwarzer zuckte wortlos mit den Schultern.

»Frau Gerdau«, fuhr der Kommissar fort, »hat gestern Abend ihre Rechnung bezahlt, abzüglich der Anzahlung von 30 Euro, und hatte einen dicken Packen Geld in der Hand.«

»Ja.«

»Das haben Sie aber erst zugegeben, als wir es von Herrn Schmalenbach erfahren und Sie mit dieser Aussage konfrontiert haben.«

»Ich habe nicht mehr daran gedacht.«

»Und dieses Geldbündel ist verschwunden. Es ist weder bei der Leiche, noch in einem der Appartements 2 oder 4 gefunden worden. Übrigens auch nicht bei Herrn Schmalenbach, was Sie vorhin als Möglichkeit andeuteten.«

»Ich habe Ihnen doch erzählt, dass Frau Gerdau hier auf jemanden gewartet hat.«

»Den aber niemand gesehen hat. Dieser Unbekannte müsste demnach irgendwann am gestrigen Tag gekommen sein, Frau Gerdau das Geld gegeben haben und wieder verschwunden sein, ohne dass er bemerkt wurde.«

»Vielleicht hat Frau Gerdau das Anwesen verlassen und ihren Bekannten irgendwo getroffen.«

»Sie sagten aber, Frau Gerdau habe erzählt, sie wollte *hier* auf ihn warten.«

»Das hat sie gesagt, aber sie kann doch ihre Meinung geändert haben.«

»Wissen Sie, Frau Schwarzer, ich glaube das alles nicht. Sie fahren jetzt bitte mit auf das Präsidium. Sollte es notwendig sein, lasse ich das ganze Anwesen durchsuchen. Und wir werden das Geld finden, das garantiere ich Ihnen! Sie können natürlich auch gleich sagen, wo Sie es versteckt haben.«

»Ich habe das Geld doch nicht! Und ich habe mit der ganzen Sache auch nichts zu tun!«

Der Kommissar zog die Augenbrauen hoch und sagte:
»Wie ist Ihr Motel im Moment belegt?«

»In der 2 Herr Bendow und Frau Sperling, in der 3 das Ehepaar Müller, die sind heute schon ganz früh zu einer Wanderung aufgebrochen und kommen erst spät zurück, in der 10 Herr Schmalenbach. Dann hat sich eine größere Gruppe für heute Abend angemeldet, für die hatte ich 5 bis 9 reserviert, die gestern frei geworden sind.«

»Können Sie jemanden bitten, Ihren Posten zu übernehmen, falls die Vernehmung länger dauern wird?«

»Ja, kann ich«, sagte Frau Schwarzer resignierend.

»Die Appartements 2 und 4 werden vorläufig nicht vergeben.«

Frau Schwarzer nickte.

Bis auf Kommissar Hofer saßen die Beamten und Frau Schwarzer schon in den Wagen. Die Putzfrau war weggeschickt und Herr Schmalenbach gebeten worden, ins Präsidium zu kommen. Der Kommissar trat zu Greg und Susanne, die immer noch auf dem Hof standen, und sagte: »Sie suchen sich am besten ein anderes Quartier. Und kommen Sie heute noch ins Präsidium, um ein Protokoll zu machen.«

Greg nickte und antwortete: »Wir holen nur noch unser Gepäck aus dem Appartement.«

»Tun Sie das, und machen Sie die Tür hinter sich fest zu.«

»In Ordnung.«

Die Beamten fuhren ab, und wenig später saßen auch Greg und Susanne im Auto und verließen das Grundstück des Motels.

4

Fünfhundert Meter weiter stoppte Greg seinen alten Käfer in einer Parkbucht, ließ aber den Motor laufen.

»Was ist los?« fragte Susanne.

»Du bist doch bei der Kripo. Wen verdächtigst du?«

»Die Wirtin soll's gewesen sein, wie der Herr Schmalenbach erzählte. Wegen eines Packen Geldes.«

»Und dann versteckt sie die Leiche in einem Appartement, das sie kurz darauf wieder vermietet? Erzähl mir nix! Das glaube ich nicht!«

»Das sollte sie besonders unverdächtig erscheinen lassen, hätte der Kommissar gemeint.«

»Ich glaub's trotzdem nicht! Sie hätte uns doch ein anderes Appartement geben und in der Nacht die Leiche verschwinden lassen können. Aber immerhin weiß ich jetzt, warum die Leiche in Nummer 2 lag und nicht in Nummer 4.«

»Und warum?«

Greg lächelte und sagte, ohne auf ihre Frage zu antworten: »Mir sind noch ein paar andere Dinge aufgefallen, unter anderem, dass die Tote etwa deine Größe, Figur und Frisur hat.«

»Toll! Und mit dieser Erkenntnis willst du den Fall lösen?«

»Genau. Wir gehen noch mal hin,« sagte Greg und schaltete den Motor aus.

»Und warum machst du dann den Wagen aus?«

»Weil ich gesagt habe, wir *gehen* noch mal hin. Und zieh bitte deine weißen Jeans an.«

Die Tür von Appartement 2 zu öffnen, war für Greg nicht schwierig, denn er hatte die Tür nur ins Schloss fallen lassen. Mit seiner Kreditkarte drückte er den Schnapper zurück, und schon waren sie drin. Zuvor hatten sie sich vergewissert, dass die Rezeption noch nicht wieder besetzt war, aber das würde wahrscheinlich erst am Nachmittag der Fall sein. Greg und Susanne untersuchten den Raum noch einmal sorgfältig. Der Tatort sah aus wie am Morgen. Nur die Leiche zwischen Bett und der Fensterfront fehlte. Sie warteten.

Eine gute Stunde war vergangen, als Greg, der das Fenster im Blick hielt, leise sagte: »Es geht los.«

Susanne legte sich zwischen Bett und Schiebetür mit angezogenen Knien auf ihre rechte Seite, das Gesicht zum Bett gerichtet. Sie trug eine rotblaue Bluse und die weißen Jeans. Greg versteckte sich hinter den Übervorhängen. Langsam näherte sich ein Mann der Terrassentür, die noch immer einen Spalt breit geöffnet war, schob sie auf, sah Susanne auf dem Boden liegen, zog die leichten Vorhänge zur Seite, kam ins Zimmer und beugte sich hinunter, um Susanne zu fassen und anzuheben.

Im gleichen Moment schlang Susanne blitzschnell ihre Arme um den Kopf des Mannes und schleuderte ihn, seine Bewegung ausnutzend, mit kräftigem Schwung über ihren Kopf, so dass er mit den Beinen gegen die Wand krachte. Greg sprang hinzu, drehte den Mann auf den Bauch und einen seiner Arme auf den Rücken, so dass der Mann vor Schmerz aufschrie, sich aber nicht bewegen konnte. Susanne kniete schon neben dem Überwältigten, untersuchte ihn routiniert nach Waffen, fand aber keine, zog unter dem Bett einen bereitgelegten Gürtel hervor, band damit die Beine des Mannes zusammen, während Greg auch den anderen Arm auf den Rücken drehte, und die Arme mit einem zweiten Gürtel fesselte.

Susanne ging zum Telefon, rief die Kripo an und verlangte Kommissar Hofer.
Es dauerte eine Weile, bis er am Apparat war.
Susanne sagte: »Sie müssen noch mal zum Motel kommen. - Warum? Um den Mörder abzuholen! - Fragen Sie nicht! Kommen Sie her und bringen Sie Frau Schwarzer mit. Die hat mit dem Mord nichts zu tun und hat auch sicher nicht den Geldpacken genommen. - Ja, wir warten.«

5

Am späten Nachmittag saßen Susanne und Greg im Präsidium.
»Frau Gerdau, die eigentlich Frau Hieber heißt, hat den Mann erpresst,« sagte Kommissar Hofer, der ihnen gegenüber saß. »Weswegen, hat er uns noch nicht verraten, aber wir kriegen es schon noch raus. Er kam gestern Abend mit der Absicht, sie zu töten,

um die Erpressung ein- für allemal zu beenden, aber es ergab sich keine passende Gelegenheit. Er gab ihr also das Geld und ist wieder weggefahren. Den Wagen hatte er in dem Feldweg hinter dem Gelände stehen, wie heute auch. Er vermutete, dass sie am Abend das Motel nicht mehr verlassen würde und behielt damit Recht. Heute früh verschaffte er sich Zutritt zu ihrem Appartement, als sie beim Frühstück war, und erwürgte sie, als sie zurück kam. Dann hat er das Geld und ihre Reisetasche genommen, wir haben beides in seinem Auto gefunden. Mehr hat er nicht gestanden. Wie die Leiche in das andere Appartement kam und warum, kann ich Ihnen nicht sagen.«

»Aber ich. Und so bin ich auch darauf gekommen, wie wir den Mörder dingfest machen können«, antwortete Greg. »Der Mann muss sich mit den Gepflogenheiten in dem Motel gut ausgekannt haben.«
»Er war hier schon einige Male Gast, hat Frau Schwarzer ausgesagt, nachdem sie ihn gesehen hatte«, sagte der Kommissar.
»Das dachte ich mir. Wahrscheinlich hat er das Motel als Ort der Geldübergabe selbst vorgeschlagen. Falls er geplant hatte, Frau Gerdau schon gestern Abend zu ermorden und ihre Leiche verschwinden zu lassen, so ist ihm wohl etwas dazwischen gekommen.«
»Da wäre immer so ein alter Depp herumgelatscht, hat er gesagt.«
Susanne lachte: »Das muss der Schmalenbach gewesen sein.«

»Er hat also seinen Plan auf den nächsten Morgen verschoben«, sagte Greg. »Er wartete nach dem Mord, bis die Putzfrau aus der 2 kam und in der 3 verschwand. Die Putzfrau macht das immer so, dass sie im ersten Raum, den sie putzt, das Kabel des Staubsaugers in die Steckdose steckt und erst wieder rauszieht, wenn sie ein ganzes Haus fertig hat. Die Tür von 2 blieb also offen. Während die Putzfrau in der Nummer 3 war, hat er von ihr unbemerkt die

Leiche schnell von der 4 in die 2 geschleift. Von der Rezeption konnte man die Leiche wegen der Hecke nicht sehen. Das Risiko, dass die Putzfrau die Leiche entdeckt, wenn sie das Kabel in der 2 aus der Steckdose zieht, war denkbar gering; Susanne hat die Leiche auch erst entdeckt, als sie um das Bett herumgegangen war. Außerdem hat er die Terrassentür ein wenig geöffnet, vielleicht nur den Hebel in die Offenstellung gebracht, um später über die Terrasse in das Appartement zu kommen. Mir war aufgefallen, dass die Terrassentür geöffnet war, als wir den Raum betraten. Er wusste, dass die Rezeption von 11 bis 16 Uhr nicht besetzt ist, und wartete bis dahin, um die Leiche ungestört verschwinden zu lassen. Als mir das alles klar wurde, sind wir zurückgegangen und haben auf ihn gewartet.«

Greg lehnte sich lächelnd zurück. Kommissar Hofer, der sich Notizen gemacht hatte, blickte ihn über den Rand seiner Lesebrille strafend an und sagte:
»Sie brauchen gar nicht so triumphierend zu grinsen. Sie haben uns geholfen, klar; aber mit einem sehr riskanten Einsatz, und dazu haben Sie auch noch eine Kriminalpolizistin gefährdet. Damit haben Sie Ihre Kompetenzen als Privatdetektiv gewaltig überschritten. Wir hätten den Mann auch so gekriegt; früher oder später.«
»Später!« sagte Greg grinsend und drehte sich zu Susanne um: »Ich hoffe, Ihr seid bei der Kripo nicht alle so undankbar.« Susanne wurde rot.

»Übrigens«, sagte der Kommissar etwas milder gestimmt. »Draußen wartet Frau Schwarzer und möchte Sie bitten, ihr Gast in ihrem Motel zu sein. Natürlich kostenlos; sie ist der Meinung, dass sie ohne Ihre Mithilfe so schnell nicht wieder von uns weg gekommen wäre.«
»Susanne, was meinst du?«
»Ach, ich weiß nicht. In einem Totel? Lieber nicht.«

Anschlag beim Anschlag

1

Der letzte Ton des Steinway war verklungen, der Beifall rauschte auf. Die aufgedonnerte Blondine von reichlich 60 Jahren erhob sich von ihrem Stuhl in der ersten Reihe, drehte sich zu den anderen Zuhörerinnen und Zuhörern, etwa 40 an der Zahl, deren Beifall langsam abebbte, hob ihre goldberingten Hände und rief: »Pause, liebe Freunde, gehen wir in den Salon, um uns etwas zu stärken, ein Gläschen Prosecco, ein Gläschen Wein. Für die Pianisten, die noch spielen werden,« fügte sie schalkhaft hinzu, »natürlich nur einen Saft oder ein Wasser. Es ist für alles gesorgt«!

Frau Lauterbrunnen hatte ihrer musikalischen Soiree wieder einmal den Stempel des Besonderen aufgedrückt: Sie hatte die vier renommiertesten Pianisten des Landes zu einem Wettstreit eingeladen und jedem eine sehr ordentliche Gage zugesagt, diese aber mit der Bedingung verknüpft, alle Animositäten untereinander zu vermeiden, denn sie kannte die vier Herren. Jeder von ihnen sollte ein Stück seiner Wahl darbieten, das aber nicht zu lang sein durfte. Die Reihenfolge der Auftritte war von Frau Lauterbrunnen festgelegt worden.

Es war eine exquisite Gesellschaft, die plaudernd aus dem Konzertraum schlenderte, um sich im angrenzenden Salon zu Grüppchen zusammen zu finden. Als Letzte verließ Frau Lauterbrunnen den Raum mit dem prächtigen Steinway und schloss hinter sich die zweiflügelige Schiebetür. Mitten in der Gesellschaft, aber weit voneinander getrennt, standen Erik Stellheim und Markus Weppersbusch, die bereits gespielt hatten. Jeder hatte seine Anhänger um sich geschart. Die beiden anderen, Jean-Claude Michel, Sohn einer französischen Pianistin und eines deutschen Sängers, der seinen Nachnamen dennoch auf der zweiten Silbe betonte, und der Altmeister der schwarzen und weißen Tasten, Alexander von Korff, hatten sich abgesondert und gaben sich wortkarg. Von Korff durfte aufgrund seines Alters als Letzter spielen. Er wusste als alter Konzerthase, dass sich die Zuhörerinnen und Zuhörer, die nicht von vornherein festgelegt waren, nur an den ersten und den letzten Vortrag erinnern und für einen von beiden stimmen würden. Da als erster der junge Erik Stellheim gespielt hatte, ein Adonis mit schwarzen Locken und makellosem Gesicht, der noch keine große Karriere vorzuweisen hatte, war von Korff sehr zuversichtlich, was die anschließende geheime Abstimmung anbetraf, denn unter den Zuhörern gab es nur zwei, drei jüngere Frauen, die natürlich für Stellheim stimmen würden. Von Korff sah aus der Entfernung, wie sie ihr Idol mit offenen Mündern anstarrten, unfähig eine, wenn auch nur entfernt geistvolle Bemerkung zu machen. Natürlich musste von Korff das brillante Stück von Rachmaninow, das er ausgesucht und dessentwegen es Ärger gegeben hatte, noch leidlich fehlerfrei spielen. Denn, wie es der Zufall wollte, hatte auch Stellheim dieses Stück gewählt und musste auf ein anderes ausweichen, weil ihm, von Korff, natürlich das Vorrecht gebührte.

Ein Mann mit Kamera trat auf von Korff zu, um ein Foto zu machen, und der Pianist, um seine Ähnlichkeit mit Arthur Rubinstein wissend, bestand darauf, im Profil abgelichtet zu werden. Im Umdrehen sah er, dass sich die Gruppe um Erik Stellheim aufgelöst hatte, während Markus Weppersbusch weiterhin Hof hielt. Weppersbusch trug zum Frack, der von der Gastgeberin vorgeschrieben war, nicht, wie die anderen eine Weste, sondern einen Kummerbund, der bei der Leibesfülle des kleinen, geltungssüchtigen Pianisten auch angebracht war.

Frau Lauterbrunnen läutete mit einer Glocke, und die Gesellschaft verstummte allmählich. In die sich ausbreitende Stille hörte man nur noch die eindringliche Stimme eines Herren: »Schopp AG müssen Sie kaufen! Schopp ...«, ehe auch er verstummte.

»Ich darf dann bitten, wieder im Konzertsaal Platz zu nehmen! Wir wollen uns den zweiten Teil anhören und dann unsere Entscheidung treffen, wem die Palme gebührt«, sagte die Hausherrin und fügte ironisch hinzu: »Und bitte nicht Schopp AG auf dem Stimmzettel eintragen.«

Jean-Claude Michel, etwa 30 Jahre alt, schlank, groß, ein markanter Kopf mit hoher Stirn, trat an den Steinway, rückte den Klavierhocker zurecht, schraubte ihn etwas hinauf und wieder hinunter, legte die Hände bei fast ausgestreckten Armen auf die Klaviatur, brachte die Fußspitzen über den Pedalen in die richtige Position und verharrte einen Moment, um sich zu konzentrieren, denn er spielte wie alle anderen auswendig. Michel hatte vor ein paar Jahren den Chopin-Wettbewerb in Warschau gewonnen und mit diesem Erfolg im Gepäck seine internationale Karriere gestartet.

Sein ausgezeichnetes Zeitgefühl ließ ihn etwas länger verharren, als es Stellheim und Weppersbusch vor der Pause getan hatten, aber nicht so lange, dass das Publikum, das gespannt die Luft anhielt, wieder unruhig geworden wäre. Dann spielte er die Anfangsakkorde der Wandererfantasie, fortissimo und staccato. Das Spiel ging ins Piano über, steigerte sich in einem gewaltigen Crescendo wieder zum Fortissimo, setzte nach einer Fermate wieder piano ein und führte das Thema immer weiter aus. Kühne Modulationen schienen die Wiederkehr des Anfangsthemas vorzubereiten, das sich jetzt in der Bassstimme hören ließ.

Da zerriss ein ohrenbetäubender Knall die Musik. Michel schrie gellend auf und stürzte zu Boden. Mit schrillen Schreien antworteten die Damen. Stühle polterten zu Boden und gingen zu Bruch. Beherzte Männer stürmten zu Michel, dessen linke Hand ein blutiger Klumpen war. Die Klaviatur des herrlichen Steinway bot ein Bild der Verwüstung, insbesondere bei den tieferen Tönen. In Michels Hand steckte der Splitter einer schwarzen Taste. Frau Lauterbrunnen sank ohnmächtig zu Boden. Zwei Damen kümmerten sich um sie. Ein Gast stürzte zum Telefon und rief den Rettungsdienst und die Polizei an. Der Hausherr eilte hinaus und kam mit Verbandszeug und einer Flasche Schnaps wieder. Der Pianist saß inzwischen wieder auf dem Klavierhocker, war aschfahl und hielt mit der rechten Hand seinen linken Arm. Die meisten liefen durcheinander, ohne etwas Sinnvolles damit zu erreichen, und beruhigten sich erst, als die Sirenen von Rettungsdienst und Polizei zu hören waren. Frau Lauterbrunnen kam langsam wieder zu sich.

2

Der Rettungswagen mit dem verletzten Pianisten war davongebraust. Der Musikkritiker Fritz Magsam war mitgefahren, um dem armen Jean-Claude Michel zur Seite zu stehen. Die anderen Pianisten, die Zuhörerinnen und Zuhörer, die beiden jungen Damen vom Partyservice mit ihren kurzen schwarzen Kleidern, über denen sie kleine weiße Schürzen trugen, und Herr und Frau Lauterbrunnen saßen im Salon und schwiegen. Die Schiebetür zum Musiksaal war geschlossen. Drinnen waren die Experten von der Spurensicherung bei ihrer mühevollen Kleinarbeit.

Kriminalkommissar Max Minnert und sein Assistent Rudolf Rauskolb hatten die Küche zum Vernehmungszimmer erklärt und baten die Gäste einen nach dem anderen zu sich und stellten die immer gleichen Fragen nach Name, Adresse, Beruf, der Beziehung zu den vier Pianisten und zur Familie Lauterbrunnen und ob ihm oder ihr im Laufe des Abends etwas aufgefallen wäre. Dann durften die Befragten das Haus verlassen.

Gerade hatte Rauskolb auf der Gästeliste, die ihm Frau Lauterbrunnen gegeben hatte, einen letzten Haken gemacht, als Kurt Goth von der Spurensicherung eintrat und sagte:
»Herr Minnert, es besteht kein Zweifel, dass das Klavier...«
»Flügel!«
»Bitte?«
»Es ist ein Flügel, beziehungsweise es war einer.«
»Na gut. Das Instrument war jedenfalls mit einem Sprengkörper präpariert. Wir haben alle Details gesichert und dokumentiert. Wie der Sprengkörper beschaffen war und wie er gezündet wurde, wissen wir noch nicht. Das wird sich erst im Labor herausstellen. Wir werden das Kla..., also den Flügel und alle Splitter mitnehmen.«
»In Ordnung.«
»Noch was, Herr Minnert.«
»Ja?«
»In dem Raum stand ein Tonbandgerät und lief noch als wir reinkamen. Auf dem Band, wir haben das geprüft, ist Klavier..., ähh... Flügelmusik drauf.«
»In diesem Fall können Sie Klaviermusik sagen.«
»Hähh ? Na gut. Jedenfalls Musik und die Explosion. Wir nehmen das auch mit.«
»In Ordnung.«

Der Mann verließ die Küche, und Rauskolb holte Frau Lauterbrunnen. Die hatte sich inzwischen gefangen und ging aggressiv auf Minnert zu:
»Wissen Sie eigentlich, was das für mich bedeutet, junger Mann? Ich werde nie wieder eine musikalische Soiree veranstalten können. Jeder Musiker muss ja Mord und Totschlag in meinem Haus fürchten. Und Sie sind jetzt schon zwei Stunden hier und haben

immer noch nicht den Täter überführt! Aber das Gespött der Gesellschaft muss *ich* ertragen, nicht *Sie*!«

Minnert ließ die Tirade gelassen über sich ergehen und sagte dann betont ruhig:

»Ich verstehe Sie und bin ganz einig mit Ihnen, den Täter so schnell wie möglich zu ermitteln.«

Frau Lauterbrunnen sah ihn verblüfft an, als hätte sie in Minnert niemals einen Verbündeten gesehen, sondern vielmehr den Verursacher der Katastrophe.

»Und dazu können Sie beitragen, gnädige Frau«, fuhr Minnert fort, »indem Sie mir erzählen, wie der Abend vonstatten ging; insbesondere, wer Zugang zum Flügel hatte.«

»Die Pianisten natürlich. Mit einer Ausnahme: Alexander von Korff. Der kam ja nicht mehr zum Spielen. Die Gäste waren vor dem Konzert nur im Salon. Als das Konzert beginnen sollte, war ich als Erste im Musiksaal, und der war leer.«

»Haben Sie den Flügel geöffnet?«

»Nein. Der war schon offen.«

»Und weiter?«

»Dann hat Erik Stellheim gespielt. Ganz wunderbarer junger Mann. Anschließend kam Markus Weppersbusch dran, ein großartiger Pianist. Dann war Pause, und ich habe als Letzte den Musiksaal verlassen. Wir haben alle etwas getrunken, ehe der zweite Teil begann. Jean-Claude Michel hatte gerade die ersten Takte gespielt...«

»Wie lange hat er gespielt?«

»Das kann ich Ihnen jetzt nicht mehr sagen. – Und dann die Explosion! Mehr weiß ich nicht. Mein Mann sagte mir später, ich sei ohnmächtig geworden.«

»Wir haben im Musikzimmer ein Tonbandgerät gefunden. Wurde alles aufgenommen?«

»Natürlich! Dass ich da nicht gleich dran gedacht habe! Ich mache immer Aufnahmen von meinen Soireen. Davon wird dann eine

CD hergestellt. Das ist mein Weihnachtsgeschenk an Freunde und Verwandte. Ich habe das Gerät angestellt, bevor Stellheim mit seinem Recital begann.«

»Gibt es jemanden von den Musikern oder den Gästen, dem Sie einen solchen Anschlag zutrauen würden.«

»Niemals!« sagte Frau Lauterbrunnen entrüstet, überlegte einen Moment und sagte dann: »Es kann nur eins von den beiden Mädchen gewesen sein, die mir der Partyservice geschickt hat!«

»Was sollten die für einen Grund gehabt haben?«

»Das weiß ich nicht. Ich kenne die Mädchen ja nicht.«

»Wir werden das überprüfen. – Jetzt aber eine andere Frage: Hatten die Pianisten schon vor dem Konzert Zugang zu dem Flügel?«

»Natürlich! Sie kamen alle im Laufe des Tages, um auf meinem Steinway zu üben. Wir hatten feste Zeiten dafür vereinbart.«

»Haben sich alle daran gehalten?«

»Natürlich! Was denken Sie denn? Wenn ich etwas organisiere, dann hat sich jeder an die Vereinbarungen zu halten!«

»An was für Vereinbarungen?«

»Dass die Künstler alle Streitigkeiten, die sie untereinander haben... Hach, Künstler sind ja so empfindlich, fast Paranoiker! Was sagte ich? Ach so: Dass sie ihre Streitigkeiten für diesen Tag vergessen müssen.«

»Möglicherweise hat sich einer aber nicht an die Absprache gehalten.«

»Wieso?«

»Einer muss ja den Sprengkörper im Klavier installiert haben, und das kann auch einer der Pianisten gewesen sein.«

»Niemals!«

»Das sagten Sie bereits. Ist Ihnen an dem Flügel etwas aufgefallen. Etwas, was nicht zum Flügel gehörte, ein Drähtchen vielleicht oder irgend etwas anderes?«

»Nein. Ich habe auch nicht auf so etwas geachtet.«

»Wann haben die Künstler denn geprobt?«

»Stellheim war schon am Vormittag da und übte von 11 bis 12. Von Korff kam um 1, blieb aber nur kurz. Er kennt meinen Flügel. Er hat ein paar Läufe und Akkorde gespielt und ist dann wieder gegangen. Vorher hat er mir zum Glück noch gesagt, was er am Abend spielen würde, denn ich wollte noch ein Programm drucken: Ein Stück von Rachmaninow, und Stellheim hatte zufällig das gleich Stück auswählt. Ich musste Stellheim anrufen – er war ja schon gegangen – und ihm sagen, er müsse etwas anderes spielen, von einem anderen Komponisten.«

»Wie hat er reagiert?«

»Gemault natürlich. Ich musste ihn an unsere Vereinbarung erinnern. Um 3 kam Jean-Claude für eine Stunde. Der Arme; haben Sie gehört, wie es ihm geht?«

»Noch nicht, aber ich kümmere mich darum. Und der Letzte?«

»Weppersbusch. Er kam um halb 6. Wir haben zusammen gegessen und uns über das Programm unterhalten. Dann hat er noch eine halbe Stunde geübt und ist natürlich gleich dageblieben; er ist ein alter Freund des Hauses.«

»Und in der Pause konnte keiner an das Klavier gehen?«

»In der Pause? – Das weiß ich nicht. Darauf habe ich nicht geachtet.«

»Wir haben die Aussage eines Gastes, der sagt, dass einer der Pianisten in der Pause den Salon verlassen hat, allerdings ist er nicht ...«

»Wer?«

»Wer das gesagt hat?«

»Nein! Welcher Musiker hat den Salon verlassen?«

»Dazu später. Die Frage, die ich stellen wollte, ist: Haben Sie etwas dergleichen beobachtet?«

»Nein! Denn wenn einer in den Konzertsaal zurück gegangen wäre, hätte ich das merken müssen. Die Schiebetür quietscht ein wenig, und ich hatte sie nach dem ersten Teil geschlossen.«

»Er ist durch die Tür zum Flur gegangen.«

»Die hatte ich nicht im Blick.«

»Na schön. Das wär's fürs erste.«

3

»Mit welchem von den Künstlern fangen wir an?« fragte Rauskolb.

»Wir fangen mit dem Alten an, der heißt ...« Minnert blätterte im Programm, das die Gastgeberin ihm gegeben hatte. »Der heißt Alexander von Korff.«

Rauskolb verließ die Küche und kam wenig später mit dem Pianisten zurück, der seit der Explosion sehr gealtert zu sein schien.

»Ich wollte Rachmaninow spielen,« begann er, ohne eine Frage abzuwarten. »Niemand spielt Rachmaninow wie ich. Wenn ich bedenke, die Höllenmaschine hätte auch mich treffen .... Ich darf gar nicht daran denken.«

»Können Sie sich denn vorstellen, dass Ihnen jemand das hätte zufügen wollen?«

»Nein. Warum auch?«

»Neid, Hass, was weiß ich. Haben Sie Feinde, Neider?«

»Ich weiß nicht, ob mir meine Kollegen meine Erfolge neiden. Vermutlich nicht, weil sie hoffen, dass meine Zeit zu Ende geht, aber,« er zeigte den Anflug eines Lächelns, »da befinden sie sich sehr im Irrtum!«

Von Korff wirkte wieder munterer und sah frischer aus als bei seinem Eintreten.

»Können Sie sich vorstellen, dass jemand Herrn Michel verletzen wollte?«

Der Pianist zuckte mit den Schultern und sagte:

»Sicher sind manche neidisch auf ihn.«

»Und Sie? Sind Sie auch neidisch auf Herrn Michel?«

»Auf Michel?« Er lächelte, als müsse er eine dumme Frage verzeihen. »Aber nein. Warum sollte ich? Meine Musik ist von anderer Qualität.«

»Herr von Korff, noch eine Frage: Ist Ihnen im Laufe des Abends oder mittags, als Sie den Flügel probierten, irgend etwas an dem Instrument aufgefallen?«

»Nein.«

»Dann danke ich Ihnen. Sie können nach Hause gehen.«

Als der Künstler gegangen war, sahen sich Minnert und Rauskolb ratlos an, und Minnert sagte: »Hol' den Nächsten.«

Wenig später war auch die Befragung von Weppersbusch beendet, und die beiden Kripobeamten hatten noch immer nicht den leisesten Verdacht, wer den Sprengkörper im Flügel versteckt haben könnte und warum sich die Explosion mitten im ersten Vortrag nach der Pause ereignet hatte. Allerdings wussten sie jetzt, dass nicht von Korff der beste Pianist von den Vieren war, sondern Weppersbusch, der für seine Konzerte die höchsten Gagen erhielt und die lukrativsten Plattenverträge hatte. Rauskolb begleitete ihn zurück in den Salon und kam mit Stellheim wieder.

Erik Stellheim behauptete nicht, der Beste zu sein, dafür sei er noch zu jung, aber er bezeichnete sich als den Vertreter einer jungen Generation, die neue Maßstäbe setzen werde. Auch er hatte nichts bemerkt, was Licht in den Fall hätte bringen können. Minnert sah ihn scharf an und fragte:

»Was haben Sie gemacht, als sie mit ihrem Vortrag zu Ende waren?«

»Wie meinen Sie das?«

»Erzählen Sie einfach, wie es dann weiterging.«

»Es gab Beifall. Ich stand auf, verbeugte mich, verbeugte mich noch einmal und setzte mich dann auf den Stuhl im Publikum, der für mich freigehalten worden war. Es entstand eine kleine

Pause, ehe Weppersbusch aufstand und zum Flügel ging. Dann spielte er, und als er fertig war, stand Frau Lauterbrunnen auf, klatschte in die Hände und bat alle in den Salon.«

»Was passierte im Salon, ehe das Konzert weiterging?«

»Jeder hatte was zu trinken und unterhielt sich.«

»Sie waren also die ganze Zeit im Salon?«

»Natürlich. Ich konnte ja kaum alle Fragen beantworten, die man mir stellte.«

»Sie haben demnach den Salon in der Pause nicht verlassen?«

»Nein.«

»Komisch; ein Gast hat ausgesagt, sie hätten sich für einen Moment entschuldigt und den Salon verlassen.«

»Ich ? - Ach, jetzt fällt es mir wieder ein. Ja, ich bin zur Garderobe gegangen und habe meine Uhr aus der Manteltasche geholt. Beim Spielen stört sie mich, aber danach will man doch wissen, wie man in der Zeit lebt, nicht?«

Stellheim lächelte, aber das Lächeln fiel reichlich schief aus.

»Im Musiksaal waren Sie in der Pause nicht?«

»Sie verdächtigen mich, die Bombe in der Pause in das Klavier geschmuggelt zu haben?« Stellheim wurde bleich.

»Derzeit versuchen wir nur, die Abläufe des Abends zu rekonstruieren.«

»Aber ich habe damit nichts zu tun. Das müssen Sie mir glauben! Warum sollte ich so etwas tun?«

»Um sich eines Konkurrenten zu entledigen.«

»Das brauche ich nicht. Meine Zeit kommt noch.«

4

Das Büro der Kripo war kärglich eingerichtet. Kommissar Minnert und sein Assistent saßen sich an zwei Schreibtischen gegenüber. Goth von der Spurensicherung trat ein und hatte einen Schnellhefter in der Hand.

»Der Laborbericht!« rief er.

»Geben Sie schon her,« antwortete Minnert und streckte die Hand aus. »Die Kurzform bitte mündlich.«

»Der Sprengkörper war so eingebaut, dass man ihn bei geöffnetem Klavier ...« Minnert zog die Augenbrauen hoch. »Entschuldigung: ... bei geöffnetem Flügel nicht sehen konnte. Er war mit einer der Tasten verbunden und explodierte, wenn man sie niederdrückte.«

»Also kein Zeitauslöser.«

»Nein, aber wir haben Reste eines Schaltelementes gefunden. Mit anderen Worten, die Explosion konnte erst erfolgen, wenn über das Schaltelement Kontakt zwischen zwei Drähten hergestellt worden war, und natürlich, wenn dann der betreffende Ton gespielt wurde. Wir wissen nicht, wann das genau geschah.«

Das Telefon klingelte und Minnert bat Goth mit einer Handbewegung inne zu halten und zu warten, nahm ab, sagte: »Minnert, erstes Kommissariat«, lauschte einen Moment und sagte dann: »Hallo, Herr Weppersbusch - Und was ist Ihnen noch aufgefallen? - Wie sah die aus? - Moment, ich muss mir das notieren. - Ja, habe ich. - Danke. Das weiß ich noch nicht. - Ja. Auf Wiederhören.«

Dann legte er auf und sagte zu Goth:

»Und weiter?«

»Die Sprengkraft war anscheinend so bemessen, dass der Sprengkörper zwar schlimme Verletzungen zufügen, aber das Opfer nur im ungünstigsten Fall töten konnte. Am Flügel haben wir jede Menge Fingerabdrücke gefunden, aber nur von den vier Pianisten und Frau Lauterbrunnen.«

»Danke, Herr Goth.«

»Eins noch. Das wird Sie vielleicht interessieren: Auf der Türklinke vom Konzertsaal zum Flur, und zwar an der inneren Klinke, war auch ein Fingerabdruck, ein einziger.« Goth machte eine Kunstpause.

»Jetzt machen Sie es nicht so spannend!«

»Und der war von Herrn Stellheim!«

Minnert sah den Kollegen an, nickte bedächtig mit dem Kopf und sagte dann:
»Das wundert mich nicht. Dann wird der junge Mann wohl ins Untersuchungsgefängnis übersiedeln und uns noch ein paar Fragen beantworten müssen. Rudi, besorg bitte einen Haftbefehl!«

5

»Minnert, sagten Sie, hieß der Kommissar?« sagte Privatdetektiv Greg A. Bendow, der hinter seinem Schreibtisch saß und die junge Frau wohlgefällig ansah, erinnerte sie ihn doch an eine frühere Freundin, die ihre Bluse auch nie richtig zumachte.

Die junge Frau nickte.

»Ich kenne Kommissar Max Minnert und seinen Assistenten Rudolf Rauskolb recht gut. Bei denen habe ich noch einen Gefallen gut, aber sicher nicht den, dass die Polizei Herrn Stellheim auf meinen Wunsch hin freilässt.«

»So blöd bin ich auch nicht, dass ich nicht wüsste, dass es so nicht geht,« antwortete die junge Frau ärgerlich, die sich als Sibylle Lenz vorgestellt hatte.

»Sondern?«

»Sie sollen die Beweise finden, die Erik entlasten.«

»Was macht Sie so sicher, dass es Herr Stellheim nicht war? Waren Sie bei dem Konzert dabei?«

»Nein, ich war nicht eingeladen.«

»Warum nicht?«

»Wir leben zwar zusammen, aber das wissen nur ganz wenige.«

»Warum?«

»Eriks Fans sind Mädchen und junge Frauen. Da ist es besser für seinen Erfolg, wenn sie nicht wissen, dass er bereits vergeben ist.«

»Hatten denn die anderen Pianisten Begleiterinnen dabei?«

»Das weiß ich nicht.«

»Um auf meine Frage von vorhin zurück zu kommen: Was macht Sie so sicher, dass Herr Stellheim es nicht war?«

»Erik könnte keiner Fliege etwas zu Leide tun«, hauchte die junge Dame.

»Sie vertrauen ihm?«

»In jeder Beziehung!«

Bendow schluckte eine frivole Bemerkung runter über die Art der Beziehungen, die ihm in den Sinn kamen, und nickte, aber seine Stirn war skeptisch gerunzelt.

Er war nahe daran, den Auftrag abzulehnen, sagte aber dann in der Hoffnung, dass es den gleichen Effekt haben würde:

»Mein Honorar beträgt 150 Euro pro Tag plus Spesen. Wenn ich den Auftrag annehme, wird eine Anzahlung von 500 Euro fällig.«

Sibylle Lenz öffnete wortlos ihre Handtasche, kramte eine Weile darin herum, bis sie ihr Portemonnaie gefunden hatte, nahm es heraus, öffnete es, zog ein Päckchen 50-Euro-Noten heraus und legte es vor Bendow auf den Schreibtisch, wobei sie sich weiter vorbeugte, als nötig gewesen wäre. Bendow nahm es wohlwollend zur Kenntnis, betrachtete dann das Geldpäckchen und sagte:

»Ich nehme also folgenden Auftrag an: Alle Beweise finden, die Erik Stellheim von der Verdächtigung entlasten, den Anschlag, bei dem die linke Hand von Jean-Claude Michel schwer verletzt wurde, geplant und durchgeführt zu haben.«

Die junge Frau nickte.

»Komme ich nach Prüfung aller Umstände zu der Auffassung, dass solche Beweise nicht vorliegen, beende ich die Ermittlungen unverzüglich, um Ihnen weitere Kosten zu ersparen. Sie erhalten in jedem Fall einen Abschlussbericht über meine Tätigkeit und eine Abrechnung.«

Gregor Bendow sah die junge Frau fragend an. Die nickte erneut,

erhob sich vom Besuchersessel, strich ihren Rock glatt und verließ
wortlos das Büro.

Bendow sah ihr anerkennend nach, pfiff aber erst durch die
Zähne, als sie die Tür von außen geschlossen hatte und sagte zu
sich selbst: »Sie schaffen es immer wieder mit der gleichen Me-
thode; jedenfalls bei mir.«
Dann griff er zum Telefon und rief Rudolf Rauskolb von der Kripo
an.

6

»Offiziell gehe ich einem anonymen Anruf nach«, sagte Rauskolb
zu Bendow, der ihm im Hinterzimmer einer Arbeiterkneipe ge-
genüber saß.
»Nicht ganz falsch«, erwiderte Bendow amüsiert, »wenn man be-
denkt, dass ich bei Minnert eher eine Unperson bin.«
»Und bevor ich Ihnen irgendwelche Informationen gebe, will ich
wissen, was Sie mit dem Fall »Pianistenmord« ...«
»Ist Jean Claude Michel denn tot?«
»Nein, nur der Pianist Michel. Die Ärzte sagen, dass die linke
Hand so schwer verletzt wurde, dass er nie mehr seinen Beruf
ausüben wird. Also warum interessiert Sie der Fall?«
»Ich ermittle im Auftrag einer Person, die sich nicht mit dem
Gedanken abfinden kann, Herr Erik Stellheim habe den Anschlag
ausgeführt.«
»Und wer ist die Person?«
»Eine Person, der ich Vertraulichkeit zugesichert habe.«

Rauskolb grinste, aber es war kein freundliches Grinsen; sein Pitbullgesicht kam hervor. Er sagte: »Na ja; spielt im Moment ja auch
keine Rolle, aber sollte sich herausstellen, dass diese Person an

dem Komplott beteiligt war, werde ich Sie in die Mangel nehmen. Sie wissen, wie sehr ich auf diesen Moment warte«

»Da müsste Ihnen schon der Nachweis gelingen, ich hätte von der von Ihnen behaupteten Beteiligung gewusst oder wissen müssen. Also, was haben Sie gegen Stellheim in der Hand?«

Rauskolb berichtete über die Vernehmungen, die am Tatort durchgeführt worden waren und schloss mit der Bemerkung:

»Den Sprengkörper im Flügel zu deponieren, das konnte jeder der Pianisten gemacht haben.«

»Ausgenommen Jean-Claude Michel.«

»Würde ich nicht sagen. Er könnte, natürlich versehentlich, Opfer seines eigenen Anschlags geworden sein. Aber davon gehen wir nicht aus. Der Sprengkörper ist mit ziemlicher Sicherheit im Lauf des Tages, aber vor dem Konzert eingebaut worden, denn jeder der vier war im Lauf des Tages eine Weile allein im Musiksaal. Vorzeitig explodieren konnte der Sprengkörper nicht, er musste mit einem Schaltelement erst scharf gemacht werden. Als erster spielte Stellheim: Nichts geschah. Dann spielte Weppersbusch: Nichts geschah. Dann war Pause. Keiner der Pianisten hat sich von anderen unbemerkt in der Pause dem Flügel genähert, das haben die Befragungen aller Anwesenden ergeben, mit einer Ausnahme: Stellheim. Er hat bei seiner Befragung erst bestritten, den Salon verlassen zu haben, musste dann aber das Gegenteil zugeben. Er sei, sagt er, nur in den Flur gegangen, um aus seiner Manteltasche seine Armbanduhr zu holen, die er während des Spielens nicht anbehalten wollte. Aber auch das war eine Lüge. Weppersbusch hat uns, als wir schon wieder zurück im Präsidium waren, angerufen und gesagt, ihm wäre doch noch etwas aufgefallen: Auf dem Flügel habe eine Armbanduhr gelegen. Es stellte sich heraus, dass es Stellheims Uhr war! Außerdem haben wir einen Fingerabdruck auf der Türklinke der Tür des Musiksaals zum Flur gefunden. Innen! Und diese Tür ist an sich nicht benutzt worden. Nicht während der Proben und auch nicht vor oder während des Konzertes.

Das hat uns Frau Lauterbrunnen bestätigt. Daraufhin haben wir Herrn Stellheim festgenommen.«

»Und sein Motiv?«

»Einen Konkurrenten im Kampf um lukrative Konzert- und Schallplattenverträge aus dem Weg zu räumen.«

»Und warum Jean-Claude Michel?«

»Der hat gerade einen Megavertrag abgeschlossen.«

»Wusste Stellheim davon?«

»Er bestreitet das, wie er auch bestreitet, irgend etwas mit dem Anschlag zu tun zu haben.«

»Aber dass er in der Pause im Musiksaal war, hat er zugegeben?«

»Da blieb ihm auch nichts anderes übrig. Er habe die Tür ganz leise geöffnet und hinter sich wieder geschlossen. Dann habe er seine Uhr vom Flügel geholt, die Tür wieder ganz leise geöffnet und wieder hinter sich geschlossen. Und dass er ganz leise war, das scheint zu stimmen.«

»Wieso?«

»Auf der Tonbandaufnahme ist nichts zu hören, was auf das Öffnen oder Schließen der Tür ...«

»Es gibt eine Tonbandaufnahme?« fragte Bendow erstaunt.

»Ja. Wussten Sie das nicht?«

»Nein. Von wem denn?«

»Von der Person, die Sie beauftragt hat zum Beispiel.«

»Die war bei dem Konzert nicht anwesend.«

»Aha!«

»Ist denn sonst etwas Besonderes auf der Aufnahme zu hören? Außer der Musik natürlich.«

»Die Geräusche von plaudernden Menschen schwellen während der Pause zweimal für einen kurzen Moment an, vermutlich, als die Tür von Stellheim geöffnet wurde.«

»Kann ich die Tonbandaufnahme hören?«

»Ich habe Ihnen eine Kopie mitgebracht. Aber zwecklos. Ein Geräusch, das auf das Scharfschalten der Bombe schließen lässt, ist nicht zu hören. Denn dazu ist Stellheim unserer Meinung nach in den Konzertsaal gegangen.« Rauskolb erhob sich. »Mit der Kopie ist Ihr Guthaben bei uns aufgebraucht. Mehr Informationen gibt es nicht.«

»Eine Frage noch: Was hat Stellheim zu seinen Lügen gesagt?«

»Dass er sich nicht verdächtig machen wollte.«

»Das ist ihm ja dann prächtig gelungen! − Für die Kripo ist der Fall damit gelöst?«

»Natürlich. Es ist nur noch eine Frage der Zeit, bis er gesteht. Das können Sie Ihrem Auftraggeber sagen. Ich hoffe, Sie haben Ihr Honorar schon.«

7

Fritz Magsam, der Musikkritiker, hatte endlich Zeit gefunden, sich mit Bendow zu treffen, denn zuvor hatte er Artikel über Frau Lauterbrunnens Mäzenatentum, das so schnöde missbraucht worden war, über den jähen Absturz der hoffnungsvollen Karriere Jean-Claude Michels, über musikalische Wettbewerbe im Allgemeinen unter besonderer Beachtung des Wettbewerbes Mozart kontra Clementi und die Improvisationskünste Johann Sebastian Bachs zu schreiben. Er hatte, die Konjunktur ausnutzend, auch die Gerüchte, Salieri hätte Mozart ermordet, erneut zur Diskussion gestellt und dazu andere Beispiele von Musikerhass und -häme aufgegriffen, wie die Scherzfrage eines Dirigenten über einen Kollegen: »Was ist ein Ochum?« »?« »Ein von Jott verlassener Dirigent!«

Jetzt saß Magsam Bendow in dessen Büro gegenüber, blickte intelligent durch seine Brille, die ein Gestell in allen Regenbogenfarben hatte, zupfte an dem seidenen Schal in den gleichen Farben, den er zu einem luftigen Knoten geschlungen im Ausschnitt seines offenen, petrolgrünen Seidenhemdes trug, und roch nach einem herben Herrenparfüm.

»Sie meinen demnach«, sagte Bendow, »Stellheim habe sich Hoffnungen gemacht, schneller Karriere zu machen, wenn ein Konkurrent aus dem Weg geräumt ist?«

»So muss es gewesen sein.«

»Halten Sie ihn für so dumm zu glauben, dass der Verdacht schon nicht auf ihn fallen würde?«

»Man kann in die Menschen nicht hineinsehen.«

»Hätten denn die anderen beiden nicht das gleiche Motiv?«

»Grundsätzlich ja, aber, schauen Sie, Alexander von Korff ist siebzig Jahre alt, seine Karriere geht dem Ende entgegen, auch wenn er es noch nicht wahrhaben will.«

»Warum?«

»Nun, die Kritiken über seine Konzerte sind immer noch wohlwollend.«

»Ihre auch?«

»Meine auch. Aber zwischen den Zeilen klingt immer mehr die Aufforderung zum Abschiednehmen mit. Nächstes Jahr will er seine Abschiedstournee machen.«

»Wegen einem Jahr, da gebe ich Ihnen recht, wird er nicht noch zum Bombenleger.«

Magsam lächelte: »Solche Tourneen können sich ziehen. Denken Sie an Elly Ney. Aber dennoch: Alexander von Korff? Nein! Mit Sicherheit nicht.«

»Gut,« sagte Bendow. »Der Punkt ist auch weniger wichtig. Ich habe Sie zu mir gebeten, um mit Ihnen zusammen das Tonband abzuhören und Sie zu fragen, ob Ihnen irgend etwas auffällt.«

Bendow startete die Aufnahme. Magsam schloss die Augen, um seine Aufmerksamkeit ganz der Musik zu widmen, und öffnete sie erst, nachdem die ersten beiden Stücke verklungen waren. Bendow stoppte das Band und fragte:

»Ist Ihnen bis hierher etwas aufgefallen?«

»Einige Besonderheiten in der Interpretation Stellheims.«

»Ich dachte eher an unerklärliche Nebengeräusche. Was hat er eigentlich gespielt?«

»Ludwig van Beethoven, Sonate Es-dur, Op. 81, auch »Les Adieux« genannt. Aber keine unerklärlichen Nebengeräusche. Dann kommt Weppersbusch mit der Sonate C-dur, Köchelverzeichnis 545 von Wolfgang Amadeus Mozart, genannt Sonata facile.«

»Eine *leichte* Sonate für einen solchen Wettbewerb?« fragte Bendow ungläubig.

»Ein berühmter Pianist, ich glaube es war Artur Schnabel, hat einmal über diese Sonate gesagt: Für Kinder zu leicht, für Pianisten zu schwer. Es kommt darauf an, wie man sie spielt. Und Weppersbusch hat sie brillant gespielt.«

»Gut. Machen wir weiter.«

Bendow ließ das Band ein wenig zurück laufen und startete dann erneut. Es erklangen die letzten Takte der Mozart-Sonate. Man hörte Frau Lauterbrunnen und die Geräusche der Gesellschaft, die den Saal verließ. Dann wurden die Geräusche abrupt sehr leise und lange war nichts anderes zu hören. Dann setzten die Geräusche mit erhöhter Lautstärke ein. Bendow ließ das Band bis zu den ersten Takten der Wandererfantasie von Schubert laufen und stoppte es dann.

»Nun?«

»Mir schien, als sei das entfernte Gemurmel der Leute in der Pause zweimal für einen kurzen Moment etwas lauter geworden.«

»Richtig. Das waren die Momente, als Stellheim vom Flur in den Saal kam, um, wie er sagt, seine Uhr zu holen, die er auf den Flügel gelegt hatte.«

»Und in dieser Zeit soll er die Bombe eingebaut haben?«

»Nein. Dazu hätte die Zeit nicht gereicht. Die Bombe muss im Lauf des Tages im Flügel platziert worden sein. Aber er könnte sie in der Pause scharf geschaltet haben.«

Magsam nickte nachdenklich mit dem Kopf und sagte:

»Dann bitte den Schluss.«

Er zog aus seiner Aktentasche ein Notenheft mit der Aufschrift: »Franz Schubert - Klavierkompositionen« und sagte:
»Ich zeige Ihnen, wann die Explosion erfolgte.«

Die Musik setzte erneut ein, von Bendow erheblich leiser gestellt, und Magsam verfolgte das Spiel mit dem rechten Zeigefinger in den Noten. Die Detonation war dennoch heftig, und die beiden Männer zuckten zusammen. Dann sagte Magsam, indem er auf die Noten zeigte:
»Hier. Takt 65.«
»Interessant. Können Sie mir die Noten leihweise überlassen. Ich möchte mir das noch einmal in Ruhe anhören.«
»Gern.«

8

Nachdem Magsam gegangen war, saß Bendow eine ganze Weile sinnend da, dann raffte er sich auf, hörte noch einmal das Band ab, führte einige Telefonate, fuhr zur Zentralbibliothek, blieb dort gut zwei Stunden und ging anschließend die wenigen Schritte zum Polizeipräsidium. Kommissar Minnert, der sich gerade einen Apfel schälte, sah ihn missmutig an, und sagte bewusst provozierend:
»Was verschafft uns die Ehre?«
»Es geht um den Pianistenmord.«

Minnert schaute zu Rauskolb, wieder zu Bendow und wieder zu Rauskolb. Der wurde rot und verlegen und stotterte mit einem bei ihm ungewohnten Gesichtsausdruck: »Ich ... ich ... ich habe ihm ein paar Informationen ... Er hat einen Klienten ... Ich wollte ihm klarmachen, dass der Fall erledigt ... Bevor er etwas unternimmt ... Er hat uns doch auch schon ...«
»Ich glaube, ich muss mir einen anderen Assistenten suchen. Einen ...« Minnert wurde laut, »der das Maul halten kann!«

»Verehrter Herr Minnert,« sagte Bendow in höflichstem Ton, »ich glaube, in wenigen Minuten werden Sie Herrn Rauskolb danken, dass er mich informiert hat.«

»Werden Sie nicht frech, Sie Schnüffler!« brüllte Minnert nun Bendow an, beruhigte sich aber, als sich Bendow unbeeindruckt von der Brüllerei zeigte, und sagte resignierend: »Dann spucken Sie schon aus, was Sie wissen.«

Danach widmete er sich wieder seinem Apfel und teilte ihn in Viertel und schnitt das Kerngehäuse heraus.

»Sind wir uns einig, dass der Anschlag Michel nicht nur traf, sondern auch galt?«

»Davon können wir ausgehen. Michel hat gerade den Sprung zur Spitze geschafft, und darauf sind andere neidisch, insbesondere die, die noch nicht so weit sind, Stellheim zum Beispiel. Die anderen beiden sind seit langem im Konzertbetrieb etabliert.«

»Wissen Sie eigentlich, an welcher Taste die Bombe angeschlossen war?«

»Das haben wir die Spurensicherung natürlich auch gefragt, aber die Kollegen wollten sich nicht festlegen. Es ist äußerst schwierig, die Splitter wie ein Puzzle zusammen zu setzen.«

»Aber ich weiß es: Am Fis der Kontraoktave!«

»Und wie wollen Sie das beweisen, Sie Klugscheißer?«

»Die Detonation erfolgt in Takt 65, und da wird das Kontra-Fis gespielt.«

»Da wird ein Haufen Akkorde mit vielen Tönen gespielt, das haben wir überprüft.«

»Aber der einzige dieser Töne, der dort das erste Mal auftaucht, ist das Fis. Ziemlich fies, nicht?«

»Angenommen, das stimmt, was beweist das?«

»Dass der Täter entweder nach Jean-Claude Michel spielen sollte oder ein Stück gespielt hat, bei dem dieser Ton nicht vorkommt. Und da kommen die drei anderen in Betracht.«

»Um uns das zu sagen, sind Sie hergekommen? Den Weg hätten Sie sich sparen können. Außerdem haben Sie etwas übersehen. Der Täter konnte einfach in der Pause den Sprengkörper scharf schalten. Dafür kommt nur Stellheim in Frage.« Minnert schob den letzten Apfelschnitz in den Mund.

»Aber der Täter konnte nicht sicher sein, ob er in der Pause dazu Gelegenheit haben würde. Nein, nein, wenn er sicher war, musste er das Ding schon vor dem Konzert scharf machen. Außerdem musste er das Programm kennen.«
»Gut; akzeptiert. Aber das entlastet Stellheim nicht.«
»Nehmen wir erstmal von Korff. Der wollte einen Rachmaninow spielen und bei dem kommt das Kontra-Fis ebenfalls vor.«
»Da hat er aber Schwein gehabt, dass er nicht mehr dran kam.«
»Richtig. Deswegen scheidet er als Attentäter aus, denn er wusste nicht, dass schon vor ihm jemand die Detonation auslösen würde.«
»Und Stellheim,« sagte nun Rauskolb nachdenklich, »wollte ursprünglich den gleichen Rachmaninow spielen und hätte die Bombe natürlich nicht an der Taste angebracht, die er selbst benutzen würde. Als er nach dem Üben das Haus verließ, wusste er noch nicht, dass er ein anderes Stück spielen musste.«

»Richtig kombiniert, Herr Rauskolb! Aber Weppersbusch kannte das Programm. Insbesondere wusste er, was Michel spielen würde. Er selbst blieb bei der Mozartsonate mit seinen Fingern schön weit weg von dem Kontra-Fis«, nahm Bendow den Faden wieder auf. »Also wusste er, dass die Detonation erst, wie beabsichtigt, durch Michel ausgelöst würde, denn auch die Beethovensonate, die Stellheim ausgewählt hatte, enthält das Kontra-Fis nicht. Weppersbusch hatte kalkuliert, dass der Verdacht auf den noch wenig bekannten Stellheim fallen würde, weil der vor der Explosion spielte und die Bombe nach seinem Spiel scharf stellen konnte. Außerdem ist er ihm mit der vergessenen Uhr noch entgegen gekommen.«

»Aber da Stellheim eigentlich den Rachmaninow spielen wollte, scheidet er als Täter aus!« folgerte Rauskolb.

»Richtig, aber das wusste Weppersbusch nicht. Er kannte nur das endgültige Programm!«

»Und warum der Anschlag auf Michel?«

»Michel hat vor einigen Tagen einen sehr gut dotierten Plattenvertrag abgeschlossen und zwar ...«

»Weiß ich, aber Weppersbusch verdient doch auch nicht schlecht.«

»... und zwar, wie ich vorhin erfahren habe, bei der Plattenfirma, die den Vertrag mit Weppersbusch nicht verlängern will, weil sie jetzt Jean-Claude Michel verpflichtet hat. Da hat der Weppersbusch rot gesehen.«

»Dann holen wir uns jetzt den Weppersbusch!« sagte Minnert grimmig. »Los, Rudi, meine Handschellen!«

Bendow ging zur Tür und hatte die Klinke schon in der Hand, drehte sich aber noch einmal um und sagte grinsend: »Kann ich mich auf die frei werdende Assistentenstelle von Rauskolb bewerben? Meine Qualifikation habe ich wohl zur Genüge bewiesen«. Dann duckte er sich blitzschnell, als er sah, dass Minnert mit den Apfelresten nach ihm warf, und verschwand aus dem Büro.

»Raus jetzt! Oder ich vergesse mich!« war das Letzte, was er hörte.

Eine Verwechslung

1

Bendow stand als einziger Besucher in einem Saal der Kunsthalle und fluchte. Er fluchte auf sich, weil er sich von seiner Freundin Susanne Sperling hatte breit schlagen lassen, sich mal ein Museum von innen anzusehen, auf Susanne, weil sie ihn zu diesem Museumsbesuch verdonnert hatte, und auf den vergangen Abend, an dem sie bei Freunden eingeladen waren, und er sich, als das Gespräch auf moderne Kunst kam, mit einer Bemerkung maßlos blamiert hatte, jedenfalls in Susannes Augen. Die Bemerkung hatte er vergessen; ihm war auch nicht klar geworden, warum sie blamabel war.

Der Saal, der einem einzigen Künstler gewidmet war, dessen grauenhafte Bilder sich Bendow als Strafe betrachten musste, zeigte gegenständliche Malerei in den hässlichsten Farbkombinationen. Den Namen des Künstlers hatte er schon wieder vergessen. Er wusste nur, dass er an einer unheilbaren Krankheit gelitten, einige Zeit vor seinem Tod eine Koksorgie mit Nutten gefeiert und einen Kanzler, den Bendow auch nicht leiden konnte, in Gold gemalt hatte.

»Das soll Kunst sein«, sagte er laut. »Das ist ja grauenhaft!« Er störte niemanden mit seiner Bemerkung, denn in diesem Saal war noch nicht einmal ein Museumswärter.

Während er noch mit sich selbst schwadronierte, kam eine junge Frau durch den linken der beiden Eingänge in den Saal und auf ihn zu. Er registrierte, dass sie hübsch war, Rock und Bluse trug und darüber einen offenen Popelinmantel. Sie wirkte ängstlich und verschüchtert. Als sie nur noch drei Schritte von ihm entfernt war, sagte sie leise, aber intensiv: »Herr Achterbusch?«

Bendow drehte sich um, sah aber niemanden hinter sich, kombinierte, dass er gemeint sei, drehte sich wieder zu der jungen Frau und sah sie fragend an.
»Alles in Ordnung«, sagte die Frau jetzt, die seine Geste anders gedeutet hatte, als sie gemeint war, »wir sind allein.«
Bendow, den die Geschichte zu amüsieren begann, beschloss, das Spiel, so weit es ging, mitzuspielen. Er nickte, sagte aber nichts.
»Ach so«, sagte die Frau hastig. »Sie können mich ja nicht kennen! Sie wollen sicher meine Legitimation sehen.«
Sie holte aus der Manteltasche ein Stück Papier, das aus einer Zeitung herausgerissen war. Bendow nahm es und sah, dass es aus der Seite der Kleinanzeigen war, denn die einzige Anzeige, die auf dem Fetzen vollständig war, begann mit den Worten: »Netter Herr, der mir auf der Rheinbrücke den Schal aufgehoben hat.«

Im gleichen Moment kam durch den rechten Eingang des Saales eine größere Gruppe Erwachsener, vorneweg mit strammen Schritten ein Mann von gut einem Meter neunzig und einhundert Kilo, mit jovial rundem Gesicht und rasiertem, mächtigem Schädel. Er trug einen zweireihigen mittelgrauen Anzug mit hellen Streifen, weißes Hemd und grünweiß gemusterte Krawatte.

»Oh! Mein Prof!« flüsterte die junge Frau und fügte hektisch hinzu: »Warten Sie auf die nächste Anzeige!« Dann drehte sie sich um und huschte durch den Eingang aus dem Saal, durch den sie gekommen war. Bendow blieb verblüfft zurück. Er las den Text der Anzeige, der aus einer unverständlichen Kombination von Buchstaben und Zahlen bestand, und steckte schließlich den Fetzen in die Innentasche seiner speckigen Lederjacke.

Weil es ja nichts schaden konnte, prägte er sich Figur und Gesicht des Mannes ein, den die junge Frau als ihren Professor bezeichnet hatte, hörte ihm eine Weile zu, konnte aber mit dem schwülstigen Zeug, das der Mann über die grässlichen Bilder zum Besten gab, nichts anfangen, und verließ den Saal und wenig später die Kunsthalle.

Beim Verlassen der Kunsthalle dachte Bendow über das Erlebte nach, überlegte, ob und wie er dem Verhalten der jungen Frau einen Sinn abgewinnen könnte, und trat dabei ungewollt in den Weg eines Mannes, der aus einem Taxi gesprungen war und jetzt zum Eingang der Kunsthalle eilte. Ein Mann etwa in seinem Alter, der ebenfalls eine legere Lederjacke trug. Ein Zusammenprall der beiden konnte in letzter Sekunde vermieden werden. Beide murmelten irgendeine Art Entschuldigung und setzten dann ihren Weg fort.

2

Johannes, dachte Bendow, als er in seinem alten Käfer saß, Johannes könnte mir helfen. Wozu ist der beim Tagblatt Feuilleton-Redakteur und mein Freund seit Schulzeiten. Er blätterte in seinem Adressenverzeichnis, fand unter F Johannes Fröhlinger und rief ihn übers Mobiltelefon an. Johannes war sofort einverstanden, gegen Abend bei Donatelli in Bendows Gesellschaft etwas Pasta, einen kleinen Salat und einen Rotwein zu sich zu nehmen, zumal Bendows Vorschlag, zu Donatelli zu gehen, wie eine Einladung geklungen hatte.

Als die beiden Schulfreunde ihre Bestellung aufgegeben und Luigi, der Kellner im Donatelli, sich entfernt hatte, fragte Fröhlinger: »Gregor, oder muss ich jetzt auch Greg sagen, was hast du auf dem Herzen?«

Bendow schmunzelte: »Für dich natürlich immer noch Gregor.«

»Was heißt eigentlich das »A Punkt« in deinem Namen?«

»Erster Buchstabe im Alphabet, sonst nichts.«

»Schelm! Also was liegt an?«

»Kennst du einen Menschen namens Achterbusch?«

»Ja«, antwortete Fröhlinger. »Ich kenne einen Edgar Achterbusch, wichtiger Mann in der Kulturszene. Ich habe mal einen Artikel über ihn geschrieben. Den kann ich dir schicken; dann bist du voll im Bilde.«

»Ich will nicht irgendwann im Bilde sein, schon gar nicht voll. Ich will jetzt was wissen, und möglichst auch Dinge, die nicht in deinem Artikel stehen.«

»Also gut. Edgar Achterbusch ...«, er unterbrach sich, weil Luigi gerade an den Tisch trat, die berühmten kleinen italienischen Brötchen, etwas Kräuterbutter dazu und den Rotwein, einen sizilianischen servierte.

»Edgar Achterbusch«, setzte er erneut an, »war Banker. Manager von Hedge-Fonds. Du weißt, was das bedeutet?«

»Ein Bankangestellter halt«, bemerkte Bendow lakonisch.

Fröhlinger grinste: »Mit Geldanlagen hast du nicht viel zu tun?«

»Manchmal bin ich mit meinem Konto im Plus, aber selten. Im Moment ist einer der seltenen Momente.«

»Achterbusch war ein Zocker und dazu ein genialer. Seine Fonds haben riesige Gewinne gemacht, und er hat dafür saftige Boni bezogen. Er war noch keine fünfzig, da konnte er sich als Multimillionär ins Privatleben zurückziehen. Gerade rechtzeitig, bevor die Bankenkrise Angst und Schrecken verbreitete. Achterbusch hatte sein Geld so angelegt, dass ihm die Krise offensichtlich nichts anhaben konnte.«

»Und so wird man ein wichtiger Mann in der Kulturszene?«

»Nein«, lachte Fröhlinger, »so natürlich nicht. Achterbusch hat frühzeitig angefangen, Kunst zu sammeln. Er hat gekauft, hat auch verkauft, um von dem Erlös wieder zu kaufen. Nachdem er sich zunächst mit der modernen Malerei beschäftigt hatte, ist er dann in die Kunst des neunzehnten Jahrhunderts eingestiegen.«

»Aber was aus dieser Zeit wirklich gut ist, hängt doch sicher längst im Museum!«

»Richtig. Aber das ein oder andere Werk kommt doch immer mal wieder auf den freien Markt. Um es zu erwerben, hat Achterbusch eine richtige Gier entwickelt und bei Auktionen selbst Museen mit gut bestückten Einkaufsetats aus dem Feld geschlagen.«

»Und was macht er mit den Bildern?«

»Ich nehme an, er hängt sie in seiner Villa auf oder er deponiert sie an einem sicheren Ort.«

»Das hat seinen Ruhm begründet?«

»Nein. Wirklich bekannt geworden ist er dadurch, dass er ein aus unbekannter Quelle stammendes, als verschollen geltendes Gemälde des Malers Wilhelm Leibl erworben und dem Museum, aus dem es ursprünglich stammte, als Leihgabe zur Verfügung gestellt hat. Angeregt durch die positive Publicity, die dieser Fall ausgelöst hat, hat er dann eine Stiftung gegründet, die es sich zur Aufgabe gemacht hat, verschollene Bilder aufzuspüren, zu erwerben und der Öffentlichkeit wieder zugänglich zu machen. Er hat einiges Geld in diese Stiftung gesteckt und auch andere Reiche animiert, sich zu beteiligen. Das ist die LAS, die Lost Art Stiftung. Es gab ein paar schöne Erfolge.«

»Nobel, nobel!«

»Wie man es nimmt. Er hatte natürlich sofort Gegner, die ihm vorwarfen, mit dunklen Elementen, Kunstdieben oder deren Nachkommen, Geschäfte zu machen, ohne dass die Justiz zugreifen konnte, denn sein Prinzip war, für die Kunstwerke einen stolzen, aber gemessen am eigentlichen Wert eher bescheidenen Preis zu bieten und dafür volle Diskretion zuzusichern.«

»Ich verstehe. Der Herr Sowieso, der unrechtmäßig ein wertvolles Bild besitzt, verliert es, wenn es bekannt wird und muss eventuell noch die Justiz fürchten, während er so den heißen Besitz los wird und sogar noch Geld dafür bekommt.«

»Richtig. Und Achterbusch argumentiert, es sei wichtiger, ein wertvolles Gemälde wieder dem Publikum zeigen zu können, als einen kleinen Gauner zu bestrafen. In seiner Stiftung ist er übrigens der einzige, der wirklich aktiv ist. Die anderen haben lediglich ihren guten Namen gegeben und reichlich Geld.«

»So ist das also«, sagte Bendow nachdenklich und schluckte die Reste des dritten Brötchens hinunter, während Fröhlinger sich sein erstes schmierte, weil er vor lauter Reden nicht zum Essen gekommen war.

Mit vollem Mund fragte er: »Warum willst du das eigentlich wissen?«

»Erzähl ich dir ein andermal. Aber jetzt lass uns erst mal richtig essen.«

Luigi servierte jedem einen Teller Pasta mit einer bekannten Sauce und einen gemischten Salat, nahm die Bestellung von zwei weiteren Rotwein entgegen und ging wieder. Für die nächsten zwanzig Minuten sprachen die Freunde nicht, sondern widmeten sich ihrem Essen. Dann sagte Bendow: »Es kann sein, dass ich irgend einer komischen Sache auf der Spur bin; ich weiß es selbst noch nicht. Wenn es spruchreif, sprich druckreif wird, bekommst du es exklusiv.«

»Hast du einen Klienten?«

»Nein. Ich bin per Zufall auf etwas gestoßen und ermittle auf eigene Faust. A propos, wie sieht dieser Achterbusch eigentlich aus?«

Fröhlinger blickte von seinem Espresso auf, den Luigi inzwischen gebracht hatte, sah Bendow prüfend an und sagte: »Etwa deine Größe, schmaler Kopf, kurz geschnittenes dunkles Haar wie du mit einigen grauen Strähnen drin, schlanke Figur.«

»Scheint ja ein Doppelgänger von mir zu sein.«

Fröhlinger lachte: »Nee, also wirklich nicht. Figürlich schon ein Typ wie du, aber verwechseln kann man euch beim besten Willen nicht.«

»Wahrscheinlich trägt er auch bessere Klamotten als ich, Brioni, oder wie diese Typen heißen.«

»Hat er früher als Banker tragen müssen, sagt er, wenn er beispielsweise in einer Talkshow auf seine Kleidung angesprochen wird. Aber seitdem er Privatmann ist, kleidet er sich eher wie du. Leger bis schlampig, Lederjacke. Jeans, Pulli.«

»Ich muss doch sehr bitten. Ich kleide mich nicht schlampig. Meine Kleidung ist Ausdruck meiner Weltanschauung!«

»Dann hast du eben eine schlampige Weltanschauung.«

Fröhlinger nahm den letzten Schluck Espresso, blickte Bendow fragend an und sagte: »Wollen wir mal wieder?«

»Ja, gut«, antwortete Bendow und ließ sich die Rechnung bringen.

»Kann ich dich morgen in deinem Pressepalast besuchen? Ich will noch etwas im Archiv nachschlagen.«

»Klar doch. Dann kann ich dir auch gleich meinen Artikel geben.«

»Eine Frage noch: Kennst du einen Kunst- oder Kunstgeschichtsprofessor, Schrank von einem Mann. Also fast zwei Meter groß, sicher hundert Kilo schwer, kahl geschorener Kopf.«

»Klar kenne ich den: Professor Heinrich Burmester. Lehrt an der hiesigen Uni Kunstgeschichte, ist oft als Experte im Fernsehen und übrigens ein entschiedener Gegner der Achterbusch-Stiftung. In einer Fernsehshow sind sich er und Achterbusch mal mächtig in die Haare geraten. Seitdem werden sie nicht mehr zusammen eingeladen. Oder vielleicht doch und gerade deswegen; vermeiden aber gemeinsame Auftritte. Woher kennst du denn den?«

»Der ist mir neulich in der Kunsthalle begegnet, als er anderen Leuten etwas über einen modernen Maler erzählte, der grauenhafte Sachen gemacht hat.«

»Wahrscheinlich Immendorf, das ist sein Steckenpferd«, lachte Fröhlinger.

3

Am nächsten Tag saß Bendow Im Archiv des Tagblatts und studierte den Zeitungsfetzen, den ihm die junge Frau gegeben hatte. Da hieß es:

Netter Herr, der mir auf der Rheinbrücke
den Schal aufgehoben hat.
Tr. i. KH. w. Courbet 14100916 Saal I

Nach dem, was Bendow wusste, sollte der Klartext wohl heißen: Treffen in Kunsthalle wegen Courbet am 14. Oktober um 16 Uhr im Immendorf-Saal, denn dort hatte sich Bendow zur angegebenen Zeit zufällig befunden. Es handelte sich wahrscheinlich um den berühmten Maler Gustave Courbet, beziehungsweise um eines seiner Bilder.

Anzeigen, in denen um ein Wiedersehen mit einer Zufallsbekanntschaft gebeten oder die schöne Rothaarige aus der Linie 16 in der letzten Samstagnacht gegrüßt wurde, erschienen im Tagblatt üblicherweise in der Samstagsausgabe. Das wäre dann der 10. Oktober gewesen. Bendow ließ sich ein Exemplar dieser Zeitung bringen und fand nach einigem Blättern die gesuchte Anzeige auf Seite 32.

Er fragte die Frau, die ihm das Zeitungsexemplar gebracht hatte: »Wissen Sie, wer diese Anzeige aufgegeben hat oder können Sie das herausfinden?«
»Die Inserenten solcher Anzeigen werden nicht nach ihrem Namen gefragt«, antwortete die Frau sehr kühl und fuhr fort: »Außerdem, selbst wenn ich es wüsste, dürfte ich es Ihnen nicht sagen.«

»Aha«, antwortete Bendow, legte das Zeitungsexemplar auf einen Tisch und verließ das Archiv. Dann werde ich wohl mal das Seminar von Professor Burmester besuchen müssen, um auf die Spur dieser mysteriösen Geschichte zu kommen.

Von seinem Büro aus rief er seine Freundin Susanne Sperling an, die ihre sichere Stellung bei der Kripo vor einigen Monaten aufgegeben hatte und jetzt für die Detektei Argus arbeitete.

»Sehen wir uns heute Abend?« fragte Greg, nachdem sich Susanne gemeldet hatte.

»Ja, gern. Bei uns ist es zur Zeit ziemlich ruhig. Was hältst du davon, zu Donatelli zu gehen?«

»Ich dachte mehr an die Brasserie bei Euch um die Ecke. Ich war gestern bei Donatelli.«

»So, mit wem denn?«

»Mit Johannes Fröhlinger vom Tagblatt.«

»So, so. Und für mich ist die Brasserie gerade gut genug. Ich bin beleidigt. Ich muss mir das mit heute Abend noch einmal überlegen.«

Mist! dachte Greg, taktischer Fehler. Dann sagte er: »Es wäre aber schön, wenn wir uns sehen würden. Ich brauche deinen Rat.«

»Ach, ich soll auch noch für dich arbeiten!«

Mensch, ich reite mich immer mehr rein, dachte Greg und schwieg, weil er nicht wusste, was er sagen sollte.

»Ist ja gut«, nahm Susanne in versöhnlichem Ton wieder das Wort. »Ich kenne doch deinen spröden Charme und deine Unfähigkeit, jemandem zu schmeicheln. Deswegen liebe ich dich doch. - Sagen wir: Unter anderem deswegen. Also um sechs in der Brasserie und vergiss nicht, dein Handy mitzunehmen, falls es bei mir wider Erwarten später werden sollte.«

Nach dem Gespräch mit Susanne fuhr Greg Bendow in die Universität und suchte den Fachbereich Kunstgeschichte. Zum

Glück fand er einen Studenten, der ihm genaue Auskunft geben konnte.

»Studieren Sie selbst Kunstgeschichte«, fragte Bendow, »weil Sie so gut Bescheid wissen?«
»Meine Freundin studiert das«, sagte der Student.
Vorsicht! dachte Bendow, am Ende ist sie die Nämliche, bedankte sich und schlug den vorgeschlagenen Weg ein. Im kunsthistorischen Institut entnahm er dem Aushang der Veranstaltungen, dass Professor Burmesters Seminar »Stilmittel des Impressionismus« um zwölf Uhr, das heißt in zwanzig Minuten zu Ende sein würde. Er vergewisserte sich, wo das Seminar stattfand und entschloss sich, bis dahin einen Gang über das Universitätsgelände zu machen, um nicht zu sehr aufzufallen.

Zwanzig Minuten später hatte er die Tür des Vorlesungssaales im Blick und wartete darauf, dass sie sich öffnete. Als es schon sechs Minuten über die Zeit war, wurde Bendow nervös, aber im nächsten Augenblick ging die Tür auf, Professor Burmester trat mit würdevollen Schritten auf den Gang, umringt von fünf, sechs Studentinnen, offensichtlich von dem Ehrgeiz getrieben, noch eine intelligente Frage zu stellen, um so dem Prof aufzufallen. Der fühlte sich in der Rolle des Umschwärmten sichtlich wohl, mal nach links, mal nach rechts antwortend. Die junge Frau von der Kunsthalle war nicht unter den Anbeterinnen, auch nicht unter denen, die folgten. Aber dann entdeckte Bendow sie unter einigen Nachzüglern, drei jungen Männern und zwei jungen Frauen.

Bendow ließ dem Grüppchen einen Vorsprung und machte sich dann auf die Verfolgung. Vor dem Gebäude gingen die Studenten auseinander. Die meisten wandten sich in Richtung Mensa, die junge Frau aber schlug den Weg in die Stadt ein. Bendow folgte ihr.

Eine Stunde später dauerte die Beschattung immer noch an, aber die junge Frau hatte inzwischen in einem Supermarkt Lebensmittel eingekauft und war aus dem Stadtzentrum wieder in Richtung Universität gegangen. Vor einem Studentenwohnheim blieb sie stehen, holte einen Schlüsselbund aus ihrer Aktentasche, öffnete zunächst in der unteren Reihe der Briefkästen den zweiten Briefkasten von links, fand darin etwas Post, die Bendow aber nicht erkennen konnte, und verschwand im Haus. Bendow schlenderte leger an dem Haus vorbei und entnahm dem Briefkastenschild, dass ihr Familienname Lindner war. Er brach die Beschattung ab und fuhr zur Zentralbibliothek, um sich über den Maler Courbet schlau zu machen.

In sein Büro zurückgekehrt, legte er eine Akte mit den Kopien an, die er in der Zentralbibliothek gemacht hatte. Dann nahm er sich Fröhlingers Essay über den Kunstsammler und Gründer der Lost-Art-Stiftung Edgar Achterbusch vor, der mit einem Porträt des Beschriebenen versehen war. Bendow ging mit dem Artikel zu einem Spiegel und verglich sein Spiegelbild mit dem Porträt. Eine wirkliche Ähnlichkeit konnte er nicht feststellen, außer, dass Achterbusch trotz des Altersunterschieds von etwa einem Jahrzehnt genau so jung wirkte, wie es Bendow war. Sicher, dachte Bendow, es gibt Millionen Menschen, die mir unähnlicher sind. Eins war allerdings klar: Achterbusch war der Mann, mit dem Bendow beim Verlassen der Kunsthalle fast zusammengestoßen war.

Fröhlinger hatte den ehemaligen Banker sehr positiv skizziert. Das war nicht überraschend, denn Achterbusch hatte sich mit den Erfolgen seiner Stiftung in großen Teilen der Fachwelt beliebt gemacht. Besonders die Museen, die ihre Prunkstücke zurück erhalten hatten, sangen ein Loblied auf ihn. Dass es kritische Stimmen gab, wurde nicht verschwiegen, aber so bagatellisiert, dass man ihre Existenz gerade so eben noch als Beleg für die Ausgewogenheit des Artikels ansehen konnte. Breiteren Raum nahm die Sammlungstätigkeit Achterbuschs ein. Werke, die er nachweislich gekauft hatte, wurden genannt. Vorsichtig wurde angedeutet, dass er wohl weitere Werke besaß, die er bei Auktionen über Strohmänner hatte kaufen lassen. Es wurde beklagt, dass man die Privatsammlung Achterbuschs nie zu Gesicht bekam, wo doch namhafte und für die Kunstgeschichte wichtige Werke darunter waren, und es wurde die Frage in den Raum gestellt, ob diese Verhaltensweise mit der Idee der Stiftung in Einklang zu bringen war.

Bendow sah auf die Uhr und stellte fest, dass es langsam Zeit für seine Verabredung mit Susanne wurde. Er heftete den Artikel zu den Informationen über den Maler Courbet und verließ sein Büro, um sich für den Abend zu duschen und umzuziehen.

Die Brasserie Langres konnte sich nicht mit dem Donatelli messen, aber schlecht war sie keineswegs. Als Sonderangebot gab es ein wundervolles Kaninchenragout mit Gemüse und Kartoffeln in einer Menge, wie sie für Frankreich viel zu groß, für Deutschland aber eher knapp bemessen war. Der französische Landwein war von einer Qualität, die beim Nobelitaliener glatt das Dreifache gekostet hätte.

Susanne wischte sich den Mund ab, schob ihren Teller, der noch zu einem Drittel gefüllt war, Greg hin, der als schneller Esser längst fertig war und sich jetzt über die Reste auf ihrem Teller hermachte. Bei Donatelli wäre ein solches Benehmen nicht möglich gewesen.

Als auch er fertig war, fragte er: »Einen Digestiv?«
»Klar.«
Greg bestellte zwei Calvados und zog, als Gilbert, der Kellner, ge-

gangen war, den Zeitungsfetzen aus der Tasche und legte ihn vor Susanne hin. Sie las ihn, lächelte ihn an und meinte: »Ich wusste gar nicht, dass du so galant sein kannst. War es wenigstens ein wertvoller Schal? Oder warst du das gar nicht, und ich soll die Hieroglyphen entschlüsseln?«

»Hab ich schon«, antwortete Greg und erzählte ihr die ganze Geschichte. Zum Schluss fragte er: »Was hältst du von dem Ganzen?«

»Nichts. Es sei denn du findest jemanden, der dir deine Zeit bezahlt.«

»Angenommen, es gebe so jemanden, was hältst du dann von der Geschichte?«

»Jemand bietet dem Achterbusch ein Gemälde an, und zwar ihm persönlich und nicht etwa der Stiftung, denn dann könnte er einfach bei der Stiftung anrufen und müsste keine Geheimnistuerei veranstalten. Es ist jemand, der bereits früher Kontakt zu Achterbusch aufgenommen und mit ihm eine bestimmte vertrauliche Vorgehensweise abgesprochen hat, sonst wäre das Zeitungsinserat sinnlos. Dieser Jemand handelt professionell und ist einer, der über ein wertvolles Gemälde verfügt oder über eine Information zum Aufenthaltsort eines solchen Gemäldes.«

»Eines einzigen«, warf Greg ein.

»Richtig. Das meinte ich mit der Bemerkung, dass er über *ein* wertvolles Gemälde verfügt.«

»Ich wollte nur klarstellen, dass wir das gleiche meinen.«

»Der Jemand handelt professionell und illegal und bedient sich dieser jungen Frau, die er in irgendeiner Weise belohnt.«

»Mit Geld oder Zuwendung.«

»Sag doch gleich, dass sie ihm sexuell hörig ist!« sagte Susanne zornig.

»Was regst du dich auf. So was gibt es doch.«

»Sicher. Aber es ist bezeichnend, dass du sofort an so etwas denkst.«

»Ich habe nur das Wort Zuwendung benutzt. Die sexuelle Hörigkeit hast du ins Spiel gebracht. Und ich habe es nur erwähnt, weil es eine Möglichkeit wäre, an diesen Jemand heran zu kommen.«

»Willst du die Frau rund um die Uhr beschatten?«

»Natürlich nicht. So viel Zeit will ich nicht investieren.«

»Und was willst du sonst machen?«

»Warten, bis die nächste Anzeige erscheint. Das kann übermorgen sein oder eine Woche später...«

»Oder zwei oder drei oder vier Wochen später. Wovon willst du in der Zeit leben?«

»Ich war noch nicht fertig. Ich wollte sagen: Dann überlege ich weiter, falls ich bis dahin noch ohne Auftrag in irgend einer anderen Sache bin.«

»Und jetzt willst du meinen Rat, ob du das so machen sollst.«

»Das auch. Aber eigentlich hatte ich an noch etwas anderes gedacht.«

»Ja?«

»Angenommen, ich bleibe an der Sache dran, und eine neue Annonce erscheint, dann muss ich tatsächlich den Achterbusch spielen und soviel wie möglich an Informationen aus der jungen Frau rausbekommen. Aber der Achterbusch liest die Anzeige natürlich auch und ist willens, diesmal nicht zu spät zu kommen.«

»Genau. Und das ist das Problem. Was soll die Frau machen, wenn auf einmal zwei Achterbuschs dastehen.«

»Deshalb bräuchte ich jemanden, der dafür sorgt, dass Achterbusch wieder zu spät kommt.«

»Und warum schaust du jetzt mich an?«

»Wen soll ich sonst anschauen?«

Susanne lachte: »Mein lieber Greg, nicht mit mir! Und jetzt lass uns nicht mehr davon sprechen. Ehrlich gesagt, ich hatte mir den Abend anders vorgestellt, als mir mit dir   zusammen den Kopf darüber zu zerbrechen, wie man einen illegalen Bilderhändler dingfest macht.«

»Der Abend hat doch gerade erst angefangen«, sagte Greg zärtlich.

4

Zwei nackte Beine schauten unter der Bettdecke von Susannes Bett hervor, ein Frauenbein und ein Männerbein. Sie schauten hervor, um den erhitzten Körpern etwas Abkühlung zu verschaffen, wie eine Hundezunge aus der Schnauze hängt, wenn es dem Hund zu heiß ist.

Das eine Bein gehörte Greg, der jetzt ganz anders atmete als noch vor zehn Minuten, ganz tief und langsam. Susanne hatte die Augen auf und entschied, dass die Ruhephase zu Ende sei. Sie stupste Greg in die Seite und sagte: »Wenn ich mitmachen soll, will ich wissen, wie du es geplant hast.«
Gregs Augen öffneten sich halb. Dann sagte er ganz langsam: »So wie eben. Das war schön; schöner kann ich es mir nicht ...«
»Quatsch. Das meine ich nicht. Wie willst du es mit dem Achterbusch anfangen?«
Greg setzte sich ruckartig auf und sagte entgeistert: »Mit dem Achterbusch? Ich bin doch nicht ... - Ach so, du meinst ...«
»Genau, das meine ich.«
»Jaaa. - Da wird sicher wieder eine Anzeige erscheinen, und ich werde das Mädchen treffen und aus ihr herauslocken, um was es sich dreht.«
»Um ein Gemälde von Courbet natürlich.«
»Sicher. Das ist doch klar.«
»Welches hättest du den gern? Der Ursprung der Welt?«
»Ahh, Madame wissen über Courbet Bescheid und unterstellen mir wieder niedrige Beweggründe. Nein, das natürlich nicht. Das hängt doch in irgend einem Museum. Nein, ich will von dieser Frau ein Angebot haben, welches Bild es ist, wie ich es zu sehen

bekomme, was es kosten soll, wie die Übergabe sein wird. Mal sehen, was ich bei diesem Treffen erfahre.«

»Und dann?«

»Was und dann?«

»Wie soll es weitergehen?«

»Dann wäre es, glaube ich, an der Zeit, Kommissar Minnert einzuschalten.«

»Aber der Herr Achterbusch liest doch die Anzeige auch.«

»In diesem Punkt kommst du ins Spiel.«

»So. Und wie?«

»Du wirst ihn ablenken, so dass er auch diesmal zu spät kommt.«

»Und wenn inzwischen die eine Seite von der anderen Seite weiß, warum beim letzten Mal mit dem Kontakt etwas faul war?«

»Dann werden sie eine andere Verabredung treffen. Wenn also wieder eine Anzeige wie die letzte erscheint, heißt das, in der Zwischenzeit hat kein Kontakt zwischen Achterbusch und der Gegenseite stattgefunden. Warum auch, Frau Lindner wird sicher berichtet haben, dass das letzte Treffen sehr schnell abgebrochen werden musste, weil überraschenderweise ihr Professor aufgetaucht ist, und sie von ihm nicht zusammen mit Achterbusch gesehen werden wollte.«

»Du bist naiv. Es könnte sein, dass Achterbusch wegen seiner Verspätung den Kontakt gesucht hat, beispielsweise eine Handynummer angerufen hat, und dann ...«

»Wenn er eine Handynummer hat, warum dann den umständlichen Weg über die Zeitungsannoncce?«

»Weil Anrufe vom Handy zurückverfolgt oder sogar abgehört werden können. Und ein harmloser Anruf, »Hab mich verspätet.« erweckt sicher keinen Verdacht. Wenn also ein Kontakt stattgefunden hat ...«

»Dann erscheint keine Anzeige!«

»Doch, dann erscheint auch eine Anzeige, um dich in die Falle zu locken, denn dass du zu dem ersten Treffen rein zufällig gekommen bist, weiß doch keiner außer uns beiden. Sowohl Achterbusch als auch die Gegenseite müssen doch glauben, dass ihnen jemand auf der Spur ist, wenn sich jemand anderes als Achterbusch ausgegeben hat.«

»So gesehen, hast du nicht ganz unrecht«, sagte Greg nachdenklich. »Was schlägst du vor? Gleich zu Minnert?«

»Genau!« antwortete Susanne, aber es klang ironisch. »Mit dem Fetzen Zeitungspapier und deiner Aussage über das, was du erlebt hast? Wo der Minnert dir doch sowieso alles glaubt, was du sagst!«

»Jetzt bitte keine Ironie! Wir müssen nachdenken, wie wir es anstellen, dass wir das Risiko minimieren, einen illegalen Kunsthandel aufdecken und noch eine Belohnung kassieren. Und dass unsere Zeit nicht umsonst investiert war.«

»Deine Zeit. Oder willst du, dass ich die Agentur Argus mit hineinziehe?«

»Du hast aber vorhin gesagt, dass du mitmachst.«

»Hab ich nicht. Ich habe gesagt, wenn ich mitmachen soll, will ich wissen, wie ...«

»Das ist doch dasselbe!«

»Nicht mal das gleiche!«

»Wenn es so ist, dann ist vielleicht doch besser, wir lassen das Ganze. A ist es dir zu riskant und b ist es unsicher, ob Geld dabei rumkommt.«

»Ach, gib doch nicht gleich auf. Jetzt erkläre ich dir, wie wir es machen.«

»Au ja! Aber erst erkläre ich dir, was wir jetzt machen«, sagte Greg mit plötzlich ganz sanfter Stimme und kuschelte sich an Susanne.

»Meinst du, da musst du mir was erklären? Ich spüre doch deine Erklärung schon ganz deutlich!«

5

Greg stand am Kiosk und verlangte die Samstagsausgabe des Tagblatts. Noch im Gehen blätterte er sie durch, bis er die Seite mit
den Kleinanzeigen fand. Er nahm die Seite heraus und warf den
Rest der Zeitung in den nächsten Papierkorb. Er las die Kleinanzeigen, bis er fand, wonach er gesucht hatte. Es war eine Anzeige,
in der es hieß:

Netter Herr, der mir auf der Rheinbrücke
den Schal aufgehoben hat.
Tr. i. KH. w. Courbet 21100911Saal B

Dann las er den Rest der Seite ebenso aufmerksam durch und
war zufrieden, nichts Weiteres von Interesse gefunden zu haben,
faltete das Zeitungsblatt auf ein handliches Format und steckte es
ein. Inzwischen war er ein solcher Kunstexperte, dass er wusste,
dass das Treffen im Beuys-Saal stattfinden sollte.

Greg Bendow schaute auf die Uhr, obwohl es nicht um Stunden,
sondern um Tage ging, und seine Uhr nicht mal eine Datumsan-
zeige ging. Dann ging er im Kopf durch, was bis Mittwoch noch
alles zu erledigen war.

Im Wesentlichen bestand diese Tätigkeit darin, Frau Lindner zu
beschatten, so weit das möglich war. Aber es mussten auch Gespräche geführt und Vorbereitungen für den Mittwoch getroffen
werden.

Frau Lindner verhielt sich nicht ungewöhnlich. Sie ging zur Universität, sie ging einkaufen, sie war zu Hause und am Montagnachmittag, wenn es billiger war, war sie im Kino in einem Film über Hildegard Knef. Im Kino konnte Bendow sie nicht überwachen, es sei denn, er setzte sich neben sie. Das kam jedoch nicht in Betracht, weil sie ihn als Achterbusch kannte. Dass sie das Kino allein verließ, bedeutete nicht, dass sie niemanden getroffen hatte, denn wenn sie jemanden getroffen hätte, um Anweisungen für den Mittwoch zu erhalten, hätte sie das Kino auch alleine verlassen. Also brach er an diesem Tag die Beschattung ab und versuchte, für den Abend eine Verabredung mit Susanne zustande zu bringen. Das scheiterte, weil sie an diesem Abend einen möglicherweise ungetreuen Ehemann zu überwachen hatte.

Zur gleichen Zeit prüfte Edgar Achterbusch seinen Terminkalender: 11 Uhr am kommenden Mittwoch war nach den bisherigen Treffen eher ungewöhnlich, aber vielleicht gab es Gründe dafür. Vielleicht den, dass Professor Burmester jetzt öfter Mittwoch nachmittags Führungen für ausgewählte Gäste im Museum machte. Am letzten Mittwoch wäre er fast in ihn hineingelaufen. Achterbusch hatte zwar am kommenden Mittwoch Vormittag eine Sitzung des Stiftungsrates, die um 11 Uhr beginnen sollte, aber das würde er absagen, denn noch einmal ein Treffen in der Kunsthalle versäumen, wäre viel zu riskant gewesen. Dann konnte es passieren, dass der Kontakt ganz abgebrochen würde, und immerhin war das seit längere Zeit die beste Quelle für verschwundene Kunstwerke, eigentlich die einzige, über die er mehr als ein Bild gekauft hatte.

Achterbusch erinnerte sich an die erste Kontaktaufnahme, die telefonisch erfolgte, bei der eine verstellte Stimme sich zunächst erkundigte, ob er derjenige sei, der einem Museum ein verschollen geglaubtes Ölgemälde wiederbeschafft und dann die Lost-Art-Stiftung gegründet hätte, was er bejahte, und ihn dann fragte, ob er am Erwerb wertvoller, älterer Kunst interessiert sei, was er ebenfalls bejahte. Dann sagte die Stimme, dass er auf eine Anzeige in einer der kommenden Samstagsausgaben des Tagblatts achten sollte, wie diese lauten würde, und was die Abkürzungen bedeuteten. Die Stimme sagte, dass dies der erste und einzige Anruf sein würde. Alles andere würde sich aus den Treffen ergeben, zu denen jeweils eine ihm unbekannte Frau erscheinen und die Annonce vorzeigen würde, die auch er bereit zu halten hätte.

Achterbusch telefonierte mit den anderen Mitgliedern des Stiftungsrates, teilte mit, dass er Mittwoch, elf Uhr nicht einhalten könne, machte die Sache geheimnisvoll, was seine Wirkung nicht verfehlte, und erreichte es so, den Termin ohne größere Einwände auf nachmittags zwei Uhr zu verschieben. Er überlegte, welches Gemälde von Courbet man ihm anbieten würde; es kamen mehrere in Frage.

6

Im Beuys-Saal war es um diese Zeit am Mittwoch Vormittag ruhig. Der Museumswärter, der in der einen Tür dieses Saales stand, weil er von hier zwei Säle überblicken konnte, hatte mit seinem routinierten Blick erkannt, dass die junge Dame, die interessiert Beuys-Bilder betrachtete, weder eines der gezeigten Bilder stehlen noch zerstören wollte und offensichtlich auch sonst nichts Böses im Schilde führte. Er wandte seine Aufmerksamkeit wieder dem anderen Saale zu, durch den ein Mann auf ihn zukam, der schon eher seine Wachsamkeit auf den Plan rief, denn der Mann trug eine weitgehend ausgebleichte Jeans, deren Säume verschlissen waren, einen dünnen Rollkragenpulli mit stark ausgeleiertem Kragen und dazu eine Lederjacke, die derart speckig war, dass der penible Museumswächter sie nicht mit der Beißzange anfassen würde.

Der Mann mit dem schmalen Kopf, dem kurz geschnitten Haar und den tiefblauen Augen passierte den Museumswächter und schritt zielstrebig auf die jungen Frau zu, die ihn offensichtlich kommen hörte und sich zu ihm umdrehte.

»Herr Achterbusch?«
Der Mann nickte und holte einen Zeitungsausschnitt aus seiner Lederjacke. Die junge Frau, die eine beige 7/8tel Hose und über einer rostbraunen Bluse eine schlichte Leinenjacke trug, holte aus einer Jackentasche ebenfalls ein Stück Zeitung hervor. Sie tauschten die Ausschnitte aus, blickten kurz darauf, fanden die Annonce mit dem Namen Courbet, nickten und ließen die Zettel verschwinden.

»Gehen wir in die Cafeteria?« fragte die Frau.
Achterbusch nickte. Sie verließen den Beuys-Saal durch die andere Tür; der Museumswächter blickte beruhigt hinter ihnen her.

Die junge Frau hatte an einem der Tische Platz genommen; Achterbusch war zur Theke gegangen und kam jetzt mit zwei Tassen Cappuccino auf einem kleinen Tablett zurück, stellte das Tablett ab und setzte sich der Frau gegenüber.

»Es tut mir leid, dass es letzte Woche nicht geklappt hat. Ich wurde aufgehalten und kam zu spät.«
»So was kann vorkommen.«
»Es handelt sich um einen Courbet?«
»Ja.«
»Um welchen?«

Die junge Frau blickte Achterbusch eine Weile prüfend an und sagte dann leise: »Die Steinklopfer.«
»Oh!«

Es entstand eine Pause; dann nahm Achterbusch wieder das Wort:

»Die Steinklopfer hingen bis 1945 in der Dresdner Gemäldegalerie und wurden mit dem Gebäude zerstört. Die meisten anderen Bilder waren rechtzeitig ausgelagert worden und sind später nach Russland und wieder zurück nach Dresden gekommen.«

»So die offizielle Lesart.«

»Sie wollen sagen, es wurde gerettet? Ein so großes Bild? Immerhin eins sechzig auf zwei sechzig, so weit ich mich erinnere.«

»Annähernd so groß. Es wurde gerettet.«

»Und wie?«

»Wir haben zuverlässige Angaben, dass es aus dem Rahmen genommen und zusammengerollt aus der Galerie gebracht wurde, solange das möglich war.«

»Wer hat es gerettet?«

»Die Person lebt nicht mehr, aber sie ist uns bekannt. Außerdem kennen Sie ja unsere Bedingungen.«

»Sicher, sicher. Entschuldigen Sie.«

Die junge Frau nickte leicht, um anzudeuten, dass sie die Entschuldigung angenommen hatte. Dann sagte sie: »Das Bild hat an einer Ecke Brandschäden, die bisher nicht restauriert wurden.«

»Dann war es sicher kein Restaurator, der es gerettet und versteckt hat«, sagte Achterbusch und lachte dabei. Die junge Frau blieb ernst. Achterbusch, dem jetzt sein Lachen unangemessen vorkam, fuhr fort: »Keine Zweifel an der Echtheit?«

»Keine Zweifel.«

»Ich werde mich darauf verlassen müssen, wenn ich keine Experten hinzuziehen will.«

Die junge Frau machte eine verstehende Geste.

»Und ... der Preis?«

»Zweihunderttausend Euro.«

»Oh! Immerhin ist es beschädigt.«

»Das ist berücksichtigt.«

»Wissen Sie, was eine Restaurierung kostet? *Falls* ich es restaurieren lasse.«

»Sie wollen es selbst restaurieren lassen?«

»Muss ich wohl! Wenn ich es überhaupt riskiere, das Bild ...«

»Ich verstehe.«

»Jetzt kommen Sie mir aber nicht moralisch!«

»Nein. Das ist allein Ihre Entscheidung. Ich bin ohnehin nur eine Botin.«

»Falls ich interessiert bin, wie geht es weiter?«

»Sie kennen den alten Rheinhafen?«

»Den stillgelegten?«

»Genau den. Kommen Sie morgen um 15 Uhr mit Ihrem Wagen dorthin, lassen Sie den Wagen in Höhe des ersten Querbeckens stehen und gehen Sie zu Fuß weiter. Wenn wir das Gefühl haben, dass alles in Ordnung ist, nehmen wir Kontakt mit Ihnen auf. Geld brauchen Sie nicht mitzubringen; die Übergabe findet später statt, wenn wir Einigung mit Ihnen erzielt haben.«

»Wer ist eigentlich »wir«?«

Die junge Frau lächelte, stand auf und verließ die Cafeteria.

7

Greg A. Bendow, Kommissar Minnert und Professor Heinrich Burmester sahen sich bedeutungsvoll an. Sie saßen am Tisch eines Brauhauses, das um diese späte Vormittagsstunde noch fast leer war. Auf dem Tisch stand ein kleines Gerät, aus dem gerade als Letztes der Satz »Wer ist eigentlich wir?« gekommen war. Dann hörte man Schritte und kurz danach gar nichts mehr.

»Reicht das?« fragte Minnert.

»Ein klares Geständnis, dass er die Stiftung benutzt, um in den Besitz wertvoller, verschollener Bilder zu kommen, die er dann für sich behält«, sagte Burmester. »Geben Sie die Anzeige her; ich unterschreibe, damit Sie mit einem Haussuchungsbeschluss aktiv werden können.«

Minnert schob ein Blatt Papier über den Tisch, Burmester zog es zu sich heran, las es durch, holte einen Füller aus seinem Jackett, schraubte ihn auf und unterzeichnete dann.

»Wer war eigentlich die junge Dame, die mit Achterbusch verhandelt hat?« fragte Burmester dann.
»Anonym«, antwortete Bendow grinsend, »wie Sie gerade unterschrieben haben. Ein anonymer Hinweis ...«
» ... der einen lang gehegten Verdacht bestätigte«, ergänzte Minnert.
»Nichtsdestotrotz steht mir eine angemessene Belohnung zu«, sagte Bendow, »wenn, wie wir vermuten, bei der Hausdurchsuchung Gemälde gefunden werden, in deren Besitz Achterbusch nicht auf legalem Weg gekommen sein kann.«
»Na gut«, sagte Burmester gut gelaunt und winkte dem Kellner. Zu Minnert und Bendow gewandt fuhr er fort: »Es war mir ein Vergnügen, Sie als Gäste zu haben.«

-

Gut zwei Stunden später saßen Bendow und Susanne Sperling in Gregs Büro. Susanne hatte längst Mikrofon und Sender abgelegt und mit dem Empfangsgerät in einem Karton verstaut, als das Telefon klingelte. Greg nahm ab, sagte: »Ah, der Kommissar. Einen Moment, ich stelle mal laut, damit unsere anonyme Kunstbotin mithören kann.«
»Hallo, Frau Sperling!« kam es aus dem Apparat. »Eine gute Nachricht. Achterbusch war völlig überrascht von unserem Besuch. Für sechs hochkarätige Bilder, die in seinem Haus hingen, konnte er keinen Beweis des legalen Erwerbs beibringen. Die Bilder wurden beschlagnahmt, Achterbusch vorläufig festgenommen. Experten

prüfen jetzt, ob noch weitere Bilder irgendwo im Haus versteckt sind. Die Vernehmung Achterbuschs hat bis jetzt nichts erbracht; er schweigt beharrlich, hat aber seinen Anwalt herbestellt.«

»Also auch keinen Hinweis auf die Anbieter der Gemälde?«

»Nein, leider nicht. Die werden jetzt wohl abtauchen, wenn der Fall Achterbusch bekannt wird.«

»Was ist mit Frau Lindner?«

»Wir haben Sie vernommen. Sie sagt, der Kontakt ging von einem Mann aus, der sie in der Universität angesprochen und sich Thomas Maurer genannt hat. Sie sollte Achterbusch für den nächsten Tag, 17 Uhr zum Rheinuferpavillon bestellen, womit ihre Rolle beendet war. Sie hat 200 Euro bekommen. Sie wollte am nächsten Tag das Geld zurückgeben, weil sie ihre Aufgabe nicht erfüllen konnte und ist zum Rheinuferpavillon gegangen. Sie hat Thomas Maurer dort aber nicht angetroffen und auch sonst niemanden. Maurer, sicher nicht der richtige Namen des jungen Mannes, konnte nicht identifiziert werden.«

»Schade. - Gibt es eine Nachrichtensperre?« fragte Bendow.

»Nein; es kommt heute noch eine Pressemitteilung raus.«

»Wenn Sie die bis morgen zurückhalten und mir statt dessen die beschlagnahmten Bilder benennen könnten, wäre das ein Deal?«

Minnert zögerte.

»Sie wissen, dass der Ruhm diesmal ganz auf Ihrer Seite ist, denn wir sind ja anonym«, ergänzte Bendow. »Allerdings nicht so anonym, dass uns die Belohnung nicht erreichen könnte, um das noch einmal zu betonen.«

»Na gut«, sagte Minnert, »diesmal haben Sie uns ja wirklich mal geholfen.« Dann gab er die gewünschten Angaben durch und legte auf. Bendow grinste Susanne Sperling an. Dann tippte er die Telefonnummer seines Schulfreundes, des Feuilleton-Redakteurs Johannes Fröhlinger in den Apparat.

Weitere Titel von Rolf Axel Jochum:

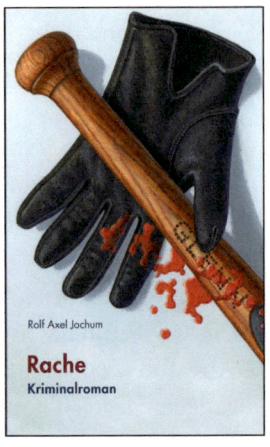

Rache

Kriminalroman

ISBN: 978-3-8334-3555-3
14,90 €

Der Richter einer Strafkammer wird auf seinem Abendspazier-
gang hinterrücks erschlagen. Hauptkommissar Bonrath von der
Darmstädter Kripo geht von einem Racheakt aus. In die Ermitt-
lungsarbeiten hinein platzt ein zweiter Mordanschlag auf dem
Parkplatz eines Nobelbordells. Die Spuren führen in die Justiz-
vollzugsanstalt Weiterstadt.